诗样年华

SHI YANG NIAN HUA

见　忘　著

浙江工商大学出版社
ZHEJIANG GONGSHANG UNIVERSITY PRESS
·杭州·

图书在版编目（CIP）数据

诗样年华 / 见忘著. — 杭州：浙江工商大学出版
社，2023.5
ISBN 978-7-5178-5419-7

Ⅰ.①诗… Ⅱ.①见… Ⅲ.①长篇小说 – 中国 – 当代
Ⅳ.①I247.5

中国国家版本馆CIP数据核字（2023）第052672号

诗样年华
SHI YANG NIANHUA

见　忘　著

策划编辑	王黎明
责任编辑	王　琼
责任校对	都青青
封面设计	红羽文化
责任印制	包建辉
出版发行	浙江工商大学出版社
	（杭州市教工路198号　邮政编码310012）
	（E–mail：zjgsupress@163.com）
	（网址：http://www.zjgsupress.com）
	电话：0571–88904980，88831806（传真）
排　　版	杭州彩地电脑图文有限公司
印　　刷	杭州高腾印务有限公司
开　　本	710mm×1000mm　1/32
印　　张	7
字　　数	126千
版 印 次	2023年5月第1版　2023年5月第1次印刷
书　　号	ISBN 978-7-5178-5419-7
定　　价	55.00元

目 录

那时，爱情、友情还是生活的主旋律，
诗一样的年华啊！

——题记

第一章

1

　　大头其实头不大，五官也还算齐整，但一咧嘴，眉毛、眼睛、鼻子便挤到一块儿，显得拥挤不堪，很容易让人想起刚需"房奴"住房紧张的状况。而大头之所以有此绰号，那又是朋友圈里另一个话题了。

　　十年之前，大头是自由恋爱的铁杆支持者、狂热实践者。哪怕是相亲论甚嚣尘上时，大头依然秉承着"自由诚可贵，恋爱价更高"的理念，将自由恋爱进行到底。与传统的以结婚为目的的恋爱观不一样的是，大头讲究的是短、平、快。据不完全统计，仅从大学毕业参加工作短短三年以来，大头就发起了、经历了并完成了十余起自由恋爱。算起来平均三个月一次，而实际上每次交往也就维持十五天左右，约等于女生半个生理周期，号称"半月谈"。

在不少人眼里，大头就是渣男。不过对于了解他的朋友，譬如我来说，就不会这么看了。每次恋爱结束后，大头几乎都会找我喝酒。喝高了，大头就会对酒当哭，是真的拿着酒杯哭，眼泪哗哗地往下掉，嘴里嘟囔着一些听不大明白的话。然后就是吐，哇哇地吐。吐完了，整个人也似乎清醒过来了，便会说，我吐的不是酒，而是真情。你信不信？我说，我信你个鬼。话是这么说，但在感情的二人世界里，理论上只有被伤害的那一方，才会在酒后吐露出如此真情。都说套路得人心，渣男无真情，如此真情，还会是渣男吗？

对了，那时候，大头的职业是记者，负责跑乡镇部门这一块，这个职业为大头提供了海阔天高的自由恋爱空间。对大头来说，有美眉出没的地方，就是新闻的富矿区。如果有大头与美眉共同署名的报道出现在报纸上，那就是挂上号了。如果一到两周的短时间里，频次达到三次以上，基本就可以确认了。倘若你有集报这样高雅的兴趣，而且还有统计这样无聊的耐心，就大致可以知道大头与多少美眉有过密切关系，以及最近一段时间里与哪个美眉关系密切。作为朋友，我也曾吐槽大头不遵守职业道德，但大头是这样表示的：在爱情面前，谈及职业，是不道德的；甚至，谈及道德，也是不道德的。

是的，大头在大学学的是哲学专业，据说还喜欢写诗，写那种毫无逻辑的现代诗，他的某些观点混乱，让我"无语凝噎"，总觉得哪里不对，又觉得很有道理。

而相对于大头，老同学留德夏则是另一个极端。"留"这个姓很少看到，留德夏这样的人我也很少看到。他是县委办的秘书，工作很忙，几乎忙到没有时间去谈恋爱。我曾经问留德夏累不累，留德夏说，只要你心里想着领导就不累了。

留德夏曾跟我说过，他与老婆从认识到结婚只有三个月，而在这三个月里，他们在一起的时间总共不超过三天。

留德夏还跟我讲了这样的细节，那天是他女朋友的生日，本来说好了两人要好好庆祝一下，忽然领导打来电话，说明天早上要到市里开一个紧急会议，要他马上赶出一个汇报材料。自然那个晚上他就放了女朋友鸽子。女朋友不理解他，闹着要跟他分手，后来领导知道了这件事，亲自把他女朋友叫过去谈话，说以事业为重的男人才是好男人，才值得托付终身。谈话后，当天下午两人就去民政局扯了结婚证。

多好的领导啊。末了，留德夏感叹道。还不忘教育我，说，工作啊，关键是要跟对人。确实，如果不是老同学关系的话，留德夏是不会跟我说这些事的，也不会说这些话的。

至于我，在感情问题上，似乎又是另一个极端：不像大头这样频频主动出击，也不像留德夏那般果断速战速决，而是听妈妈的话相了一亲又一亲。

如果你有足够的耐心，不妨听听我的故事。当然，彼时的我不是此时的我，或者说，只是故事里的我。

故事就从相亲开始吧。

2

相亲，在我们那一带，也叫"看亲"，结合起来，大概就是相互看一看，有没有亲近乃至成亲的可能。其历史由来已久，讲究的是门当户对、条件匹配。受自由恋爱之风冲击，相亲几乎成了旧时代的新符号、老古董的代名词，被年轻群体群嘲、群嫌、群弃，地位岌岌可危。但21世纪以来，随着房价、彩礼节节攀升，相亲开始回暖，虽然不复当年踏破门槛皆介绍，也算是一片繁华很上头。

当然，既然说到相亲，那我也得介绍一下我自己。我叫马向远，家住鹤川县水西镇问溪村，往上三代皆农民，父母供我上大学，毕业失业无去处，回家考公去乡镇，调回机关靠运好，不高不富也不帅，无房无车单身狗。

大致情况就是这样。一人单身父母催，也曾千万次问自己，像大头一样恋爱可不可以，但最终还是发现，我热爱相亲，就像相亲热爱我一样。

记得第一次相亲，是同事张大姐给我介绍的。当张大姐说给我介绍对象时，我的内心是激动的，脸上更是掩饰不住透出红色的光芒，嘴巴虽说有些颤抖，但身体还是很诚实地接受了张大姐的安排。

相亲的地点选在女方的家里，毕竟人家在县城有房而我没有，自然也无话可说。相亲嘛，讲究的就是你有我无、你无我有，你强我弱、你弱我强，这样才能匹配，才叫完美。当然，其中道理也是我相亲多次后才悟出来的。而当时，我也是一脸懵，在城南老城区的一间落地房里，主客分边落座，我与张大姐坐一边，对方与她的妈妈坐另一边。张大姐与女方的妈妈并排肩并肩，我与对方隔开头低头。

气氛还是挺融洽的，张大姐与女方的妈妈你一言我一语，一个赞男、一个夸女，一个说好、一个称妙，三两下就把我们给匹配起来了，乃至结婚生子以及孩子怎么带、怎么教育、怎么成长，都给安排妥当了。整个过程，我与女方只需安安静静坐着倾听就可以了。后来我也多次回想起第一次相亲时的场景，总感觉自己不是去相亲，而是去看了一场二人脱口秀表演。

事后，张大姐问我怎么样。我说，人挺好的，不过我得问下我妈。于是，我就跟我妈说，同事给我介绍了一个对象，是个女护士，家里条件不错，人也长得不错。我妈听了非常高兴，还没等我说完，就抢着说，好啊，那还不赶快答应下来。我接着说，不过，她家里只有一个女儿，好像有招上门女婿的意思。我妈听了就沉默了。那时候，我妈还有点傲娇，虽然我家在村里条件一般，但毕竟儿子能捧上铁饭碗、吃上公家饭，在农村也算是光宗耀祖了。而做上门女婿，在农村可不是什么光彩的事。

于是接下来相亲时，我就多了一道底线，不接受做上门女婿。那时候，我还不知道，这道底线一划，就相当于我的底裤，哦，是底牌，就暴露了。对了，这里我说的底牌，不是不可以公开的牌，而是公开了却显底的牌。

记得第二次相亲也是同事介绍的。当然，这次不是张大姐，而是刘大姐。年少不知大姐好，到了相亲忘不了。大姐不管姓什么，都管姻缘恨太少。

这次是在茶室见面的，见面时女方带了闺蜜。女方是小学老师，是刘大姐三姑父的四表妹的二女儿，闺蜜则是法院的书记员。结果可想而知，见面差点变成了审判大会。虽然只有三个人，却给了我一个全世界都在旁听的感觉。我感觉，我的底牌，哦，是底裤被人扒了。

不高不富又不帅气，无房无车又无前途，一个个问题后，那闺蜜言语里的不屑，无疑是已给我判了"无妻徒刑"，就差当面宣判了。最后，还是大头的一个电话给我挽回了一点面子，大头说，你小子在干吗呢？我说，在、在、在……又看了对方闺蜜一眼，到底还是没有底气说出真相，只能以接电话的由头站起来走出去，压低声音说道，没干吗。大头说，没干吗就过来喝酒。我说，好好好。

就是不给你当面审判的机会。我赶紧买了单，以有急事的名义先行跑路了。当然，这样的打击并不足以摧毁我继续相亲的信心。不经历风雨，怎么见彩虹。不经历相亲，怎么见婚姻。我一贯坚持的观点还是，相亲好，相亲妙，相亲呱呱叫，相亲省钱、省时、省力，又高效。毕竟，大头那"半月谈"后的症状，换我可承受不了。

是的，暴击总是难免的，但人间自有温情在。记得有一次，亲戚给我介绍了一个对象，女方比我大三岁，女大三抱金砖，年龄没问题，名字听着也温暖，见面时发现人长得也挺温暖的，说话的声音也温暖，语气中还流露出愿意给我送温暖的意思。不过她也表示，她还有个三岁的女儿，目前在老家，父母帮忙带着，问我介不介意。我没有直接回答对方，只是说，她爸爸呢？对方说，她爸爸出国了。我说，哦，小孩挺可爱的，我挺喜欢小孩的。

后来我又问我妈的意思。我妈又沉默了，不过没有像第一次那样沉默片刻后当即表示强烈反对，而是又问了一句，孩子他爸呢？我说，听说出国去了。我妈沉默片刻后，又说，女孩的话，也还好啦。我说，这是你的意思吗？我妈说，只要你觉得好就好。

数次相亲失败后，我妈已经彻底不傲娇了。事实也证明，我妈受到的暴击，已经超过我受到的暴击。我还是觉得，直接送我一个女儿，也太温暖了。我当时的想法也很现实，虽然男方是离婚出国了，但毕竟还是有回来的麻烦的。

其实，有时候我也想过，如果这次相亲还是失败了，那下次就不相了。不过真的等到下一次，有人热心给我介绍时，我又会想，万一这次成了呢？

真是欲罢不能啊。我想这除了热爱之外，已经很难用其他词语形容了。戒不掉的热爱是瘾，不过我还是很庆幸，这不是毒瘾。

一道相亲瘾，种在我心间。隐隐约约地，我甚至担心，万一有一天相亲成功了，我还会不会瘾头发作，想着一二三四再来一次。

3

那已是我第十三次相亲了。

十三，在西方据说是一个不吉利的数字。大致出处是出卖耶稣的叛徒犹大，是其第十三个门徒。不过在中国，十二是地支小轮回，十三则可以看作一个轮回的结束、下一个轮回的开始。

当然，之所以能够记得是第十三次，是每次相亲给我的感觉，都像是在我心底深处刻了一道口子。自然，也就深刻了。就像喝酒，有人愈喝愈迷糊，也有人愈喝愈清醒。但也不得不说，后者是不正常的。

记得那天是个阳光灿烂的日子，正走在街上，忽然感觉有人在后面要拍我肩膀，我条件反射，侧身一溜，回头一看，居然是单位的黄副局长。黄副局长拍了个空，重心不稳，一个趔趄差点摔倒。看他满面红光的样子，看来是中午又有应酬了。

还好，黄副局长并没有责怪我的意思，摇了摇身子，忽然想起了什么似的，说，现在几点了？我看了看手机，说，两点差五分。哎呀，两点还有个会议呢，差点给忘了。黄副局长一边说，一边开始小跑起来。

黄副局长这样一跑，我也恍过神来，加快了脚步，正好掐着上班的点赶到了办公室。在位置上坐下，气还没有喘平，电话就响了起来。那段时间以来，也不知为什么，只要我掐着点上班，就会有我意想不到的事情发生。

我忐忑地接起电话，是当老师的表姨妈打过来的。表姨妈说她要给我介绍一个女孩，是某某学校的教师，叫丁琳。这名字瞬间就让我想起学校里的上课铃声，莫名地就紧张起来了。

之后相约见面。记得在约会前，我一直努力地刮胡子。电动剃须刀用久了，刮得不是很干净，总有几根留在那里，剪刀一时没找着，用手去拔又疼得受不了，干脆把剃须刀拆开来，拿出刀片来刮，一个哆嗦，下巴就多了一道口子。看着镜子里我的下巴处鲜红色的血渗出来，一种不祥的预感在我心里冒出，是的，这次相亲大概率会是一起惨案了。

当然，已没有回头的可能了。我用一个止血贴处理好现场，忍着切肤的疼痛赶到约会的茶室时，一个扎着马尾辫的女孩已经坐在我事先预定好的小包间里，埋头翻看着茶点本子。

见对方没有看我，早已习惯各种场面的我，心里没有太多波澜。我说，你好，我叫马向远，你是丁琳吧？这开场的套路，就像是进门脱鞋、上床脱衣一样，我脱口而出。

然后，我就看到女孩抬起眼，瞄了我一下。是的，眼睛就那么一扑闪，像是快门按下，整个人就被拍进去了。我顿时想起很久以前的一个说法，照相机对着你那么闪一下，你的灵魂就被勾走了。

错觉，一定是错觉。这种情况以前可从未遇到过，我恍了一下神，心想，应该是屋子里灯光反射造成的。我在女孩对面坐了下来，接着说道，我好像在哪里看过你啊。这也是我套近乎的套路，是我从大头那里观摩学习借鉴过来的。

"那我是不是很像你的初恋啊？"女孩用手支起下巴，大大的眼睛，就那么看着我。完全不按相亲套路出牌，顿时我就有点慌了。捂着下巴，能感觉伤口阵阵抽疼，只能以尬笑来缓解尴尬。

"你是第一次相亲吧。"女孩微微一笑，完全是一副面对菜鸟的表情。这表情彻底把我激怒了，当然，不是愤怒的怒，而是"怒而哈赤"的怒，被辣子鸡辣到的那种感觉。

"第三次了。"我也努力微微一笑，假装淡定。至于回答第三次，其实也是套路。说第一次吧，除了第一次的时候，自己也听不下去。说第二次吧，感觉太单纯了，有模仿女生的嫌疑。说太多次了，又怕吓着对方。一而再，再而三，自从我相亲超过三次以后，在次数表达上就没有再变过了。

"哦，不错，也算有点经验了。"看样子，女孩对于这个答案还算满意。

"那你是第几次了？"是时候发动进攻了，我已经能感受到，对方貌似单纯，却是个硬手，只有以攻代守，才能避免坐以待毙的结果。

女孩没有回答我的问题，眯起眼睛，嘴唇轻抿，像是在思考着什么，然后眼帘弹了开来，向我微微招了招手，说，把你的手伸过来。

我愣了下，以为是女孩要看我手相，都说男左女右，就把左手伸了过去。女孩看了一眼，说，把另一只手也伸过来。我另一只手正捂着下巴，于是说，干吗？我要点数呀，自己的手不够用，只好拿你的手来凑数了。我一愣，却看到女孩笑了起来，她的眼睛眯成了一条线，却在眼角处弯成一个钩。这是一个鱼儿上钩的表情，我顿时明白了过来。

"你不是丁琳吧。"我不知道自己为什么这么确定。但我知道，这不应该是相亲的套路。相亲的套路各有各的不同，但感觉却是基本相同的。就像是去商场买衣服，砍价的方式可以不管三七二十一，但如果不是冲着衣服去的，售货员也是有感觉的。

确实，她不是丁琳，也不是我眼瞎走错座位。她也承认了，她是丁琳的小妹，替代丁琳出场而已。理由很简单，也让人无法反驳，丁琳忽然感觉身体不舒服，来不了，不好意思临时放鸽子，就让小妹代表她过来看看。

小妹还告诉我，她叫叶晓燕，大家都叫她燕子。我说，你怎么跟你姐不同姓啊？燕子说，表妹不可以吗？我说，表妹是可以，但表妹跟妹是两回事啊，不是说一表三千里吗？燕子说，三千你个头，我跟丁琳姐三里都不到，从小就是以姐妹相称的。

是的，燕子说的很有道理。即使燕子说的没有道理，我也得觉得有道理。当然，这样的认识高度，也不是一次见面就能达到的。

4

　　燕子说，那是她第一次跟人相亲。燕子还说，她以后不再相亲了。我说，为啥？燕子说，如果第一次体验感都那么糟糕，你还想有第二次吗？我想了想，说，深以为然。

　　这当然是后来的事，还是回到那次相亲吧。在坦白替身身份后，燕子郑重其事地向我推荐了丁琳，说丁琳是一个才女，从小读书成绩就好，一路打怪升级，成为硕士研究生。不过就在她准备考博士生的时候，这个想法被她妈妈给否决了。她妈妈说，你都这个年龄了，研究生啥都不如生个孩子。什么博士生啊，就是"不是生"，叫你不要生。别跟我说什么学习的意义了，女人不生孩子，人类就灭绝了，还学习个啥啊。

　　燕子在学丁琳的妈妈说这段话时，学得有声有色。我能想象丁琳听到她妈妈的话时，那崩溃的神情。事实上，丁琳最终也听从了她妈妈的意见，回来当了老师。还可以想象，当了老师的丁琳，被她妈妈逼着相亲的样子。燕子说过，丁琳的妈妈是在县前街卖衣服的，那嘴巴叭叭地可想而知了。想到这里，我就实在忍不住笑了出来。

　　燕子说，你笑啥？我说，没有没有。燕子说，唉，做女人难，做优秀女人更难啊。我说，是啊，女人何苦为难女人呢。燕子说，知道就好，以后你可要对丁琳姐好一点啊。我说，这都哪跟哪，我跟你丁琳姐都没见过面呢。燕子笑了起来，说，放心吧，我会在丁琳姐面前给你说好话的。

可以肯定的是，燕子确实给我说了好话。那天早上，当然，如果十点半还算早上的话，我接到了一个电话。恰好是周末，只有懒觉一族才明白，出租屋里一人躺，不到中午是不起床的。电话响起，美梦也就泡汤了。

还好是女人的声音，女人说自己是丁琳，瞬间我的耳边就响起了上课铃声，迅速从床上坐了起来，像学生一样准备好好上课。丁琳在电话里表示了歉意，还谈了谈她对相亲的看法，正如我想的一样，她对相亲已经烦透了。我表示理解，说，相亲对于女人，特别是优秀的女人，特别不友好。丁琳说，是啊，相亲就是赤裸裸地物化女人，爱情则是讲究灵魂的契合，当把颜值、金钱、年龄这些外在的庸俗感知置于灵魂有趣之上时，那就是文明的退化、时代的退步。

丁琳果然是才女，听得我一愣一愣的。还没等我回过神，丁琳又抛出了一个让我意想不到的问题。丁琳说，你喜欢文学吗？说实在的，我还真不大理解文学的含义，想了想，说，我比较喜欢看武侠小说。丁琳说，除了武侠小说之外，你还看什么？为了让气氛不这么严肃，我试探性地说道，有时候也喜欢看一些，带点情色的。丁琳说，你应该多看看国外的经典名著。我说，可是我一看那些名著就想睡觉，你说怎么办？

那你就睡觉吧。不知丁琳是生气了，还是善解人意，她挂了电话。打了一个呵欠后，我想起燕子曾经说过，丁琳不仅是才女，还会写小说呢。我是一个庸俗的男人，有着刻板的想法，一个女人如果被人说是才女，大概率长得就不怎么样了，如果这个才女还会写小说，那是不是说她平时就不爱见人，或者干脆说，见不得人呢。

我知道，燕子这么说，是想给丁琳说好话。但对于有些话，男女的认知是有区别的。尽管没有见过面，但这次通话后，我知道，我与丁琳的相亲已经结束了。

补充说明一下，后来我跟丁琳还是有联系的。当然，不是那种带男女关系的联系。也要为丁琳正下名，确实是我想法不对，丁琳长得还是可以的，身材、脸蛋都属于标准的那种，只是年龄稍微偏大了点，胶原蛋白流失后，素颜显得有点干。

可以这么说，是因为丁琳，我认识了燕子，又因为燕子，我跟丁琳有了联系。人与人的关系，有时就是这么奇妙。

记得有一次我跟丁琳说，能不能拜读一下你的小说啊？然后，丁琳就发来她写的小说。可以说，拜读丁琳的小说，让我想起了梦里爬山的情景，就是那种爬得很累了，却又不想放弃，一直爬一直爬又爬不到山顶的感觉。

后来丁琳问我小说的读后感，我在电话里沉默了半晌才说，可以说我读不懂吧，但又很想读，读又读不完，说不出是什么感觉。

让我没有想到的是，我居然听到电话那边哽咽的声音，丁琳说，你是在这个县城里，我认识的人中，唯一一个能够读懂我小说的人，其实我的小说不是在讲故事，而是在讲一种感觉，一种让人想走又走不出去、想飞又飞不起来的感觉，说真的，你的评价让我很高兴，我甚至很想大哭一场，我能哭出来吗？我说，你哭吧。不过丁琳终究还是没有大哭，在隐隐约约地抽泣了一阵子后，我听到丁琳说，谢谢！

5

我的工作是跟安全有关的，当然不是国家安全的那种，而是安全生产的这种。

电视、报纸上每有矿井塌方、厂房爆炸等特大安全事故报道，县里就会开展一次安全大检查。要求是地毯式排查，做到横向到边、纵向到底，不留一个死角。

都说安全责任重于泰山，我深有体会。记得去年城北有一家废弃的鞭炮厂发生爆炸，有三个偷偷溜进厂里玩耍的小学生当场被炸死，因发生在 3 月 16 日，又被称为"3·16 事件"。闻讯赶去的分管安全的副县长听说有学生在里面，下车时竟挪不开脚，硬是让秘书扶下去的。不过后来秘书说，那是副县长几天前刚动了手术，本来身体就不太好的缘故。最终，副县长还是受了处分。与事件有直接关系的相关部门领导，更是有被撤职查办的。

结束第十三次相亲没两天，我就又在报纸上看到了某地煤矿塌方的特大事故，自然，接下来一次全县性的安全生产大排查是少不了了。

工作原因，我被安排在乡镇组，带队的是黄副局长。那天恰好是星期五，最后一次下乡检查。已是在回来的路上，却忽然发生了意外。

事情是这样的，中午在乡里吃饭的时候，耐不住乡里的热情，黄副局长就喝了一点。乡里的路，一般不会查酒驾，黄副局长一时手痒，觉得凭自己的酒量应该没什么问题，就取驾驶员而代之了。但就在经过一个村口的时候，车子冲到路坎下，翻车了。

据黄副局长事后复盘，是他忽然看到一只母鸡过马路，方向盘打急了。还好，车里几个人都无大碍，黄副局长也只是擦破了一点脸皮。检查安全的车子出了安全事故，大家也不愿意声张，除了车子在修理厂待了三天之外，其他人则该回家的回家了，该干吗也干吗去了。不过，黄副局长因为一只母鸡翻车的事，在小圈子里被编排成了八卦笑谈，传了许久。

至于我，跟着那么一折腾，回到出租屋，已是差不多晚上十点了，正准备躺下来大睡一场庆祝大难不死时，电话忽然响了。

本来准备谁的电话都不接的，一瞄，发现是燕子的号码。也不知道为什么，我顿时就从床上弹了起来。燕子说，你是谁啊？我愣了下，说，我是马向远啊。燕子说，马向远，你现在有没有空？我说，有啊有啊。燕子说，给你十五分钟，赶到天意楼来。我说，这么急？燕子说，如果你觉得急的话，可以慢慢走，不过十五分钟后你就再也看不到我了。提示，现在是九点四十三。

也许十五分钟是这样一个概念，穿上衣服，照下镜子，梳个发型，跑步穿过一条小巷，到大街叫辆三轮车，行驶三条街，再爬两层楼梯，正好是九点五十八分。我看了一眼手机，只觉得眼前一黑，然后就听到一个声音说，九点五十九分，超时一分钟。

天意楼是一家KTV，有包厢，也有大厅。大厅也可以唱歌、喝酒，而且音响效果好，还没有包厢最低消费的要求，很适合激情未老、腰包不鼓的年轻人。缓过气来，我就看到燕子的身影出现在大厅的一张小圆桌前。灯光晃动中，我好像还能看到燕子的眼睛笑起来的样子。看了看手机，确实已经显示是九点五十九分了。

对于迟到一分钟的结果，我还是心存侥幸，但燕子不依不饶，说，按照渣男处理规定，迟到是要受到惩罚的。我说，我不是渣男啊。燕子说，迟到了就是渣男啊。我无话可说，只能接受惩罚。

是的，我又翻车了。这次，是翻到了燕子的圈套里。惩罚就是晚上喝的酒全部由我买单。对于这个惩罚，我痛快答应了。然后，我看到燕子的眼睛笑了起来。

当然，我没有想到燕子这么能喝。在我还没有到来之前，燕子至少已经喝了三瓶啤酒。因为桌子上有四瓶啤酒是打开着的。

"服务员，再来一打百威。"燕子举起手，吆喝道。

当然这才是刚刚开始。大厅里音乐的声音有点闹，燕子说，你会唱歌吗？我说，我不会。我是真的不会，我唱歌能把正常人嚎出心脏病来，为了避免听众抓狂，我在这方面还是比较自律的。

"那我们划拳吧。"没想到燕子会提出这样的要求。在朋友圈里，我也是划拳小能手，对于燕子这样的要求，我又怎么能忍心拒绝呢。但让我没有想到的是，我又翻车了。翻车不是因为我技术不行，而是燕子提出，谁猜对谁喝。瞬间就把我整不会了。

我的酒量本来就不怎么样，很快就有些上头了。也不知什么时候，音乐轻缓了下来，那是舞曲的节奏。燕子抿了抿嘴唇，附到我耳边，说，想不想请我跳支舞啊？

虽然我不会跳舞，但我还是坚定地点了点头。两步总是会走的吧，我自己催眠自己。不过，当我与燕子牵手扶腰摆开架势后，我发现我又错了。我感觉浑身僵硬，特别是双腿，一步也挪不开来。

还是燕子带着我挪开脚步的。不过，我能感觉到燕子的身体有些摇晃，当然我也不能确定是她的原因，还是我的原因，在摇摇晃晃中，一些不该接触的身体部位，就难免有些接触。一来二往，不免产生了灵魂拷问：我是不是一个乘人之危、占人便宜的人呢？

我摇了摇头，坚定了自己的想法。于是，我挺直了腰杆，双肩也有意识地往后仰了仰。但就在这个时候，我感觉脚底一滑，重心向后倒了过去。

我又一次翻车了。我摔倒在地，燕子也被我拉着摔了下来，还好关键时刻我用双手托住燕子的肩膀，避免了她的身体直接压到我的身上，不至于造成偶像剧中的狗血剧情。扫了一眼四周，大厅里人不多，另外一桌几个人还在那喝酒，等燕子稳住了，我赶紧在地上打了个滚，站了起来。

燕子没有生气，反而弯下腰哈哈笑了起来，说，你呀，真是个大笨蛋。笑了好一阵子，又说道，走，我们还是喝酒去吧。

又喝了一阵子，我实在憋不住，就去了趟卫生间。回来后，我发现燕子不见了。刚开始还以为燕子也去卫生间了，干等了几分钟后，发现不对劲，跑到前台一问，才知道燕子已经买单走了。

我翻出手机一看，有燕子留下的一条信息：谢谢你陪我喝酒，我回去了，晚安。

没想到又一次翻车了！而让我没有想到的是，那个晚上，我还会有更大的翻车。

是的，就是在那个晚上，我从天意楼回来倒在床上迷迷糊糊之际，电话铃声忽然又响了。我伸手瞎摸乱抓地找到了搁在床头的手机，迷迷糊糊的我听到迷迷糊糊的声音响起，我用手很不客气地敲了敲脑门，才隐隐约约听出是一个女人抽泣的声音。一看居然是燕子的电话号码，顿时酒去人醒两眼发亮。

喂，你怎么了？我问。马某远，我好难受。是燕子的声音。她是在喊我的名字吗，但好像又不是。我说，知道难受，干吗还要喝那么多酒？燕子说，可是我不喝酒会更难受。我说，为什么？

燕子说，分手快乐，我要快乐起来。一边说难受，一边说快乐，女人的逻辑让我感觉有点混乱，我只能哦了一声。燕子说，哦什么啊，你就不会问我为什么要分手吗？我说，为什么？燕子说，我感觉我坚持不住了，可是，我怎么会坚持不住呢，我坚持了五年了，再坚持三年，八年抗战就胜利了，你说是不是？我说，是是是。我只能说是是是。

之后我才知道，燕子的男朋友是她大学时的同学。燕子毕业后按照父母的意思考了老家的公务员，男朋友则进了杭州的一家国企，本来约好了用三年的时间通过努力调到一起的，没想到还不到一年时间，男方就以不耽搁她的理由提出了分手。对了，燕子的男朋友叫马志远，跟我只有一字之差，也难怪燕子会打电话给我，还说一些奇怪的话。

那天晚上，我就这样一直陪着燕子聊天。终于燕子的情绪平静了下来，该睡觉了，但出于关心我又问了一句，说，现在还难受吗？燕子说，嗯。我说，那怎么办？燕子说，我要你过来陪我。我说，你在哪呢？燕子说了个地址。我说，你真的要我过来陪你吗？燕子说，嗯。我说，那我真的过来了？燕子说，嗯。

也许是燕子的声音让我有了某种不应该的想象，也许是残留在身体里的酒精产生了催化作用，我头脑一发热竟然真的起身赶往燕子的住处。

结果是这样的：凌晨三点多，我站在燕子居住的落地楼下不停地拨打着电话，但回应的是一片忙音，燕子的手机竟然关机了。阵阵凉风吹得只穿着单薄衬衫的我直打寒战，忽然觉得喉头一苦，紧接着是胃部痛苦的痉挛，我蹲在墙角阴沟前，把胃里的所有东西包括苦汁连本带利地吐了出来。

终于在早上九点左右，燕子给躺在床上浑身难受的我发来了一个信息：昨天晚上，手机没电了。我本来是想回复的，但除了牙齿咯咯响外，手已经抖得打不出字来了。干脆拨了电话过去，兴师问罪一番。

而从此以后，我与燕子的关系便似乎有点暧昧了。最明显的就是，我与燕子之间的通话，开始频繁起来，特别是夜晚的时候。更有时候，一个夜晚会打上三四次。

一开始，我还以为自己恋爱了。我试着问燕子，你说我们这么打电话算不算正常啊？燕子说，那你以为怎样才是正常的？我说，好像恋爱中的男女才会这样几乎每天晚上都打电话吧？燕子说，那有没有规定每天晚上打电话的就是恋爱中的男女？我想了想，说，是没有规定，不过我们能不能这样规定？燕子说，你有没有发烧啊？我说，没有啊。燕子说，那你怎么会说胡话呢？

6

大头曾经向我讲过这样一个段子：某天战神与爱神在奥林匹斯山路上碰上了，于是相互打招呼。爱神问战神最近工作怎么样。战神说很闲。爱神问为什么。战神说，我已经把工作移交给美帝了。于是战神问爱神工作怎么样。爱神说很累。战神问为什么。爱神说，以前的人一生我射一次就够了，现在的人啊，都射成马蜂窝了，还要再补射。

是的，大头总是会为他的自由恋爱观寻找依据，哪怕只是一个段子。

那天夜里，不知怎么聊着聊着，我就借花献佛把这个段子讲给燕子听了。燕子听了呵呵一笑，说，你是不是已经被射成马蜂窝了？我说，什么马蜂窝啊，我还是白璧无瑕的呢。燕子说，那要不要我射你一箭？我说，好啊，射吧，随便射哪里都可以。燕子说，算了，看你这么纯洁，我实在是下不了手。

我忽然想到了一个问题，说，你们女生是不是不喜欢单纯的男人？燕子说，谁说的，我们女生也喜欢单纯的男生啊。我说，那你怎么不射我一箭啊？燕子说，好吧，你那不是单纯，是贱，下贱的贱。

确实是贱，我无话可说。不过燕子也跟我解释说，女生眼里的单纯，就是看起来干净的意思。我说，你们女生难道就只看外表吗？燕子说，谁说的，灵魂干净才是最重要的。我说，什么是灵魂干净？燕子说，灵魂干净就是三观正，能在生活中帮助你，在精神上指引你。我说，这不是爱情导师吗？燕子说，什么意思？我说，故作高深，糊弄小女孩的骗子呗。

不跟你说了。燕子突然挂掉了电话。怎么就惹她生气了？我狠狠地拍了一下大腿，手掌上赫然是一只蚊子的尸体，而鲜血却是我的鲜血。

又拨了燕子的电话，显示正在通话中。我索性从床上站了起来，试着把房间里的蚊子一一歼灭。这一夜，也不知有多少无辜的蚊子惨死在我的掌心之中。

终于可以好好睡一觉了。就在我迷迷糊糊之际，电话又响了起来，是燕子打过来的。燕子说，睡了没？我说，没。燕子说，在干吗呢？我说，没干吗呢。燕子说，哦。一阵沉默，我想到明天还要上班，看时间差不多两点了，于是说，没事的话，我先挂了。不行，我挂了你才能挂。电话那头传来燕子的声音。好吧。我把电话放在枕边，燕子也没有再说话。

我不知道燕子是什么时候挂了电话的，还好机关网套餐每月送 3000 分钟的免费通话，否则话费就让人头大了。而在那段时间里，能让我头大的，还有对燕子莫名其妙的猜想，总是会不经意想起，燕子这句话是什么意思，那句话又是什么意思。

而为了能够得到某种答案，我特意约了大头一起喝酒。当然，我假装是无意的、漫不经心的，就像是爱神闭上眼睛，往芸芸众生中射了一箭，完全是随机的、碰运气的。

不得不说，有时我也想不通，为什么像大头这样已经被射成马蜂窝的，爱神还要给他补射，却偏偏舍不得给我来一箭。所以，当大头坐在我面前时，我左右看他不顺眼，很想上去暴扁一顿，但有求于人，又不得不皮笑肉不笑地给他递酒送筷。

最近相得怎么样？对于我这种相亲的行径，大头总是带点嘲讽味道的。我说，喝酒喝酒。大头说，我不喝，你喝吧。我说，你不会现在就肾亏了吧？大头说，上次单位体检，血脂比先前高了很多，医生给我下了戒酒令。我说，你不是说医生的话不能全听吗？大头说，医生的话也不能不听啊。我说，那你就喝一瓶，荡荡口吧。大头说，那说好了，就一瓶啊。

最近有点烦，有点烦哪。大头酒一入嘴，就开始发牢骚。我说，不是又惹了哪个女人吧？大头说，我不惹女人，女人也会惹我啊。我说，你小子就不怕惹火上身，遭女人报应吗？大头说，你不懂。我说，那你让我懂懂呗。

见我如此好学，碰了一杯后，好为人师的大头就给我普及教育了。大头说，你觉得男女之间应该是什么关系。我说，什么关系？大头说，战争关系，这世界的本质，就是男女之间的战争，只要有男人、女人的地方，就会有战争发生。而战争的要义，就是征服对方。征服就是主宰，所以啊，特别是男人，必须让自己处于主导地位，掌握主动权，不能让对方牵着鼻子走，否则啊，就会一处被动，处处被动，麻烦不断。

我说，那要如何才能掌握主动权呢？大头微微一笑，说，兵法有云：敌进我退，敌驻我扰，敌疲我打，敌退我追。

是啊，既然是战争，那一定要讲究战术。而不是我原先想的那样，自然而然，水到渠成。只是，我与燕子之间算不算是战争呢？

一瓶喝完，我忍不住问大头，如果一个女人只是喜欢跟你在电话里聊天，是什么意思？

大头想了想说，有意思，没意思。我说，那是什么意思？大头说，有意思，就是对你有意思；没意思，就是对你没意思。我说，你这不是废话吗？大头说，你这个问题本来就是废话，喜欢跟你聊天，有可能是喜欢你这个人，也有可能就是无聊，你要想知道她真正的意思，就得面对面，真刀真枪干了才知道。

我知道大头的意思。我也想，但又觉得不应该是那样子的。

<h2 style="text-align:center">7</h2>

大头的话还是给了我启发。

也许仅在申话里聊天是不够的。于是，我试着约燕子见面，吃饭啊，喝茶啊，唱歌啊，看电影啊，我能想到的，都被她懒洋洋的一句，不想吃，不想喝，不想唱，不想看，就化作了让我没有脾气的无可奈何。是的，无可奈何之下，我竟想到了一个古老的套路——偶遇。

这时候我才发现，燕子上下班的路线，跟我完全没有交叉之处，基本属于相隔近千米的平行线，说白了，就是我在城南头，她住城北头，日日念她不见她，全靠电话通。既然如此，上下班时间是不可能的了，只有夜间与周末才有希望。

心动不如行动，我决定马上行动起来。首先是踩点，在燕子的单位与住处之间走一走，看看哪个地方容易制造偶遇，能够说出合适的理由，最好还能提出在附近走走坐坐聊聊。

功夫不负有心人。一番徘徊后，我终于在一个十字路口找到了理想偶遇处。一来此处是交通干道汇集处，是燕子回家必经之地，遇见概率自然比较高；二来我也有充分理由解释为何会出现在这里；三来，也是很关键的，边上就有个商业综合体，虽说规模不大，但里面购物、吃饭、喝茶等功能俱全，往前不远处则是文化中心，还有一家电影院。

站在那儿，环顾四周，我甚至已经想象出偶遇燕子时的场景：

应该是迎面相撞，燕子看了一下我，说，你怎么在这里啊？我说，对啊，你怎么在这里啊？我们相互解释，燕子请我喝茶，我请燕子看电影，一切都是那么美好……

忍不住笑了出来。都说乐极生悲，就在我沉浸其中时，就听到"砰"一声，一辆电瓶车撞上了我的屁股。骑车的是一中年大姐，车子在我面前滑了个半圆，翻倒在地，还好大姐身手敏捷，往边上一跳，没被压住。

"这么大的路，不会让一下吗？眼睛长哪里去了！"大姐气势汹汹。

"是你撞了我吧，怎么能说我呢？"我一时还没有反应过来。

"马路是你家的吗？这么大的人站在这也不会挪一下。"大姐气势不减。

"好好好，我走。"我摸了摸屁股，好汉不吃眼前亏，大姐一看就知是广场舞主力，惹不起的角色，我连忙头也不回地拔腿就溜。

直到耳边大姐骂骂咧咧的声音消失，我才长舒了一口气。这时候，我已经能够感觉到屁股的疼痛了。我叫了辆三轮车，回到房间在床上趴着睡了一觉，感觉屁股不怎么疼痛了，却发觉大腿挪不动了，一挪就钻心地疼。脱下裤子一看，已经青肿了一大片。

双休日在床上躺了两天，上班时腿还是一瘸一瘸的，又一个星期后青肿才慢慢消去。自然，偶遇的计划也不敢再往日程上提了。

而更让我没有想到的是，就在这个时候，燕子说，她要考会计职称了，接下来要集中精力看书复习，让我近段时间不要打电话给她。我说，有事也不行吗？燕子说，你有啥事啊？我想了想，说，万一，我被车撞了呢？燕子说，那你打120啊。我叹了口气，说，那我什么时候可以打给你？燕子说，等通知吧，到时我会给你发通知书的。接着说，我要看书了，不跟你说了。然后就挂了电话。

怅然若失。我是不是有点自作多情了？或许，正好可以借这个机会把燕子给戒了。

我曾经戒过烟，对于自己的毅力还是相当自信的。而为了熬住不打电话给燕子，在夜里，我又开始了抽烟。而为了配合抽烟，我还开始了写诗。

如果你想毁掉一个男人，就让他去写诗吧。这是我曾经的大学室友海大少跟我说过的一句话。那个时候，海大少不仅自己写诗，还怂恿我写诗。他的QQ名，就是"被诗毁掉的男人"，并自称"毁男"。当然，对于他的怂恿，我一直无动于衷，没想到多年以后，我还是上了他的贼船。

是的，我也想毁掉一个男人。

而毁灭，就是重生。

8

秋高气爽，局里的工会组织了一次活动，征求意见的结果是去海边吃海鲜。工会希望大家踊跃报名，而我，也想去海边吹吹风，自然也在响应之列。

让海风吹走我的烦恼吧，让海风吹走我的思念吧，让海风吹走我放不下的过往吧。抱着对海风的强大期望，我终于坐上前往海边的车。

鹤川到海边只有一个多小时的车程，周六早上八点准时出发，九点多就到了海港沙滩。十来个人雇了一条渔船，就出海捕鱼去了。这是当地推出的一个旅游项目，撒网打鱼都是渔民帮忙搞定，游客只要在船上看着就行了，一条船大概收费是一千多，所有捕捞上来的东西都归游客所有。

一开始海面微微荡漾，渔船轻轻摇晃，一群人站在船上，兴奋得哇哇大叫。不过随着渔船离沙滩愈来愈远，海风愈来愈大，渔船也摇晃得愈来愈厉害。

船上渔民安慰我们，说，放心，没事的，大家站稳了就好。风浪愈来愈大，一个浪花打过来，脸上就能感觉到潮湿了，大家抱着船上的栏杆，基本没心思看渔民撒网捕捞了。有几个胆小的女同事已经吓得哭出来了。

而我，也是第一次经历这样的场景，说不害怕也是不可能的。不知是为了显示自己是男人不害怕，还是心底的某种冲动，我特意松了手，还大叫着高举起手来。也就在这个时候，一个浪头打了过来，我脚底一滑，眼前一黑，就向一个方向冲过去。还好，一个渔民拉住了我的衣领。

在一阵窒息感后，我缓了过来。渔船终于掉头了，风浪也开始变小，我的心跳也渐渐平缓下来。我不知道，如果渔民没有拉我一把，我是否会被风浪带进海里，但我还是能感觉到，那一瞬间，我经历了从死亡边缘突然被拉回的感觉。那种感觉太强烈了，在身体里横冲直撞，就像是被关在黑暗之中的野兽，急切渴望着冲出去与同类分享。

仰头长长地舒了一口气，只见一只鸟从船前飞过，我不知道那是海鸥还是海燕，也不想知道那是海鸥还是海燕，我只是很想打一个电话给一个人，告知我此刻的感觉。

我还是把电话打给了燕子。此刻，我已顾不得此前的约定了，也顾不得，那感觉戒了很久很久的瘾头。电话拨通了，我喂了一声。然后竟听到一个男人的声音传来，喂，谁啊？对不起，我打错了。我急忙按掉电话。又看了看号码，确实是燕子的。

这个男人是谁呢？就像是一个浪头打了过来，感觉跟之前那个浪头一样，只是没有人拉住我的衣领。

下得船来，我还是有点恍惚。这一趟出海，收获还算不错，捞了十来斤海鲜，有鱼有虾有蟹还有贝壳之类，足够找家酒店代加工吃个海鲜宴了。

吃海鲜是要喝点酒的，除了开车的司机外，同事之间自然也没有太过客气。我也喝了一杯白酒，是那种容量三两左右的玻璃杯，没有倒满，差不多有二两左右吧。

回来路上，我迷迷糊糊地睡着了。到房间才一躺下，就感觉肠胃一阵痉挛，是翻江倒海的前奏，终于忍不住了，冲到卫生间里一阵折腾，也不知来去了几次，才慢慢好了点。

天色已经黑了下来，按亮了灯，靠在床上，我感觉浑身无力，脑袋却是一片清晰，特别清晰。

点上一支烟，我知道，我想写一首诗了。

大海真大，真 ★★★ 大

海水真蓝，真 ★★★ 蓝

我，真傻，真 ★★★ 傻

面对风浪吧，面对死亡吧

面对现实吧。什么爱啊

什么情啊，你是欲望

你是本能，你是荷尔蒙

蒙上的猪头。你，你，你

算个什么东西！大海

这么大的孤独，也容不下

我的忧伤，那就让我

大梦一场。忘掉黑夜

忘掉你

一首诗后，我开始有点迷糊了。不过，心里还是有些波澜，离平静还有些距离。那就再写一首诗吧，没有什么是再写一首诗解决不了的。

9

我可能喜欢上一个人了。就在我以为快戒掉燕子的时候，燕子却给我发来了通知书。

燕子的这句话让我产生了严重的错觉。一开始，燕子给我打电话的时候，我也一度以为是错觉。那个夜晚，我跟大头几个人喝了酒回来，有点迷糊了，躺在床上更迷糊的时候，就接到了燕子的电话。

我扇了自己两个耳光，确定不是在梦里。然后，就听到了这句话。我心跳加速，嘴巴张大，一只蚊子忽然撞进我的嘴里，一阵猛烈的咳嗽后，燕子说，你怎么了？我说，没怎么，你刚才说的是真的吗？燕子说，当然是真的。我说，那这个人是谁啊？燕子说，不告诉你。我说，你不会是说我吧？燕子说，别臭美了。

女人模棱两可的回答，是很容易让男人想入非非的。不过女人似乎总喜欢用模棱两可的回答来回答男人。还记得那天晚上与燕子通话后，我躺在床上，一遍又一遍地咀嚼着，像老黄牛一样，把那句话差不多都嚼烂了。

是的，如果燕子不喜欢我，那她为何跟我说这句话？如果燕子喜欢我，又为何不承认是我？是另有所指，还是委婉告知？是随口玩笑，还是吊人胃口？又或许，只是我做的一个梦而已？

就在早上醒来时，我发现，嘴边枕头巾上都是口水，而且还有啃咬过的痕迹。忍不住咽了口口水，嘴里是苦涩的，据说这可能是肝不好的表现。

时间还是会给出答案的。尽管燕子给我发了恢复通话的通知书，但我们之间的通话，还是明显跟以前不一样了。最明显的是，通话出现了各种故障，不是设备方面的，也不是信号原因，更不是人品问题，而是有时候，你以激动的心、颤抖的手拨出一个电话，对方却一直在通话之中，有时候，刚聊到一个能带节奏让心跳加速的话题时，对方却说，有事先挂了，等下再打给你。然后，等她等到天都亮了，也没等到"等下"。等下是多久，天知，地知，她知，我不知。

确实，我也有想到电话里那个男人的声音。那个在渔船上听到的让我窒息的声音。有时我也想问问，却又不敢提起，害怕一提起，就像提起一桶没有底的水，什么都没有了，连想象也没有了。

在那段时间里，也碰到有人给我介绍对象。这在以前，我是不会拒绝的。你可以拒绝种子发芽，拒绝草木开花，拒绝春风给一座山头戴上绿色的帽子，拒绝池塘把一群蝌蚪喂成青蛙，但不能拒绝一个为你操碎心、说破天还为你牵线搭桥的助人为乐者。曾经我以为这是我的做人原则，却没有想到，做人也可以这么没有原则，我竟然毫不犹豫地拒绝了对方的好意。

还记得当时的场景，拒绝之后，就在我开始有点后悔、犹豫的时候，对方已经走远了。看着那落寞的背影逐渐消失，我恍惚看到了我自己。

一千个人有一千个背影，但落寞都是一样的。

10

那天是我的生日。碰到在家的时候，母亲会给我煎两个鸡蛋，煮一碗寿面。碰到不在家，就只能自行处理了。

是的，碰到后者，于我而言，生日就成了鸡肋，食之无味，弃之可惜。于是，有时候就假装不知道自己有鸡肋如期而至，假装把鸡肋放在脑后好几天才想起。那样，我就不会在食与弃之间纠结了。

但人生哪，往往是哪壶不开提哪壶。就在去年，单位为了体现关爱员工，推出一项福利制度，在每个员工生日时让花店送上一束鲜花。这样，当花店给我打来电话时，我就再也无法假装了。

我想，当一个女人收到鲜花时，应该是幸福感满满的。而当一个男人收到鲜花时，譬如我，就感觉麻烦大了。搁在出租屋里任其腐败，那绝对是浪费。送人吗？那又送给谁好呢？鲜花自然送美人，美人又在哪里呢？

思来想去，我想到了燕子。其实，一开始我就想到了燕子，但我想不出来送给她的理由。最后想到燕子的时候，我就在想，送花是否需要理由。需要吗？不需要吗？两个不同的"吗"在我的脑海里循环播出，最终还是从裤袋角里摸出一个一元硬币，一抛，显示是背面，是代表不需要的背面。

于是，我给燕子打电话。送花不需要理由，但还是需要地址的。虽然燕子跟我说过大概住址，可还是需要具体的门牌号。

我是拨第四次的时候才拨通燕子电话的。一般来说，电话三次不通我就不会再拨了。事不过三，再四就是骚扰了。但这次，情况比较特殊。

什么事？电话那边略带沙哑的声音说明燕子有点累了，听语气还带有一点不愉快的责问。跟谁聊天呀，这么久？不知是不是情绪会传染，我也有点不愉快起来了。燕子说，不关你事。我说，那倒也是，你跟谁聊天是你的自由嘛。什么事？燕子又一次问我。我说，跟你聊下天不行吗？燕子说，不行。我说，为什么？燕子说，我累了，想睡觉。然后就挂断了电话。

是的，燕子累了，要睡觉了，那花怎么办呢？难道吃了不成?

看着桌子上那束鲜花的样子,我眼前又浮现出燕子的样子,特别是那双笑起来勾人的眼睛。我眨了眨眼睛,感觉花也在笑我,来啊,吃我啊。这么挑衅我,那就把它吃了吧。

摘下一瓣放进嘴里,味道有些酸涩,但也能凑合吃下去。别人生日聚会,我生日吃花,不正显示我与众不同、品味高雅吗?想到这里,我咀嚼得也就更带劲了。

忽然间,手机铃声响起。我条件反射般地快速接了起来,电话那头却悄无声息。我连喂几声后,电话那头笑了起来,是燕子的笑声,瞬间我整个人也荡漾了起来。然后就听到燕子说,现在,有一个好消息,一个坏消息,你想先听哪个?燕子说得很慢,比平时要慢上许多,似乎怕我听漏了什么。我想了想,说,先听坏消息吧。

我有男朋友了。燕子说道。尽管燕子提醒过我,不许我伤心,但燕子这么说出来,我感觉心还是被什么刺了一下。

那好消息呢?我还是有点侥幸心理。

好消息是,男朋友不是你。燕子这么一说,我还以为是开玩笑。我说,这也算好消息吗?燕子说,当然是啊,我是坏女人啊,以后你就可以远离坏女人了。

燕子是坏女人吗?我还是有点不甘心,说,那你男朋友是谁啊？燕子说，嗯，上次跟你说过的，跟我相亲的那个。

是的，燕子是跟我说过，她去相亲了。当时，我还打趣说，你不是说不会跟人相亲吗？燕子说，你妈没有跟你说过，漂亮女人的话都不能相信吗？我一时无语，不过燕子也解释说，介绍人是她单位的一个领导，她得配合一下。没想到，配合一下竟配对成功了。

我说，那你看中他什么？燕子沉默了一下，说，他让我安心。燕子这么一说，我也终于安心了。能让女人安心的，不说是高富帅，至少各方面条件都不错吧。我本来也想问问对方身高几何、房子几套、存款几位数、是否帅气到"平平无奇"，但想到其实是拿自己这样的作为参照物去攀比，瞬间就把好奇吞进了肚子里。

恭喜啊！终于挤出三个字后，我忽然想笑。挂了电话后，我笑了出来，却忽然发现忘了怎么去笑了，感觉比哭还要难听。

那就继续吃花吧。把花吃完了，一切就都完了。当然，吃花容易消花难。记得那天后半夜，我那"花花肠子"差不多被折腾到了天亮。

终于天亮了，我感觉身体已被掏空，成了一具躺尸。

11

不要在一个人失去时，试图去安慰，鼓励获得才是解药。这是财旺跟我说过的话。

财旺全名王财旺，是我刚参加工作时乡镇的老同事，他说话的时候，喜欢用手摸自己的嘴巴，以此遮盖张嘴露出来的龅牙。财旺说，他能容忍龅牙影响他的颜值，但不能容忍龅牙影响他的话值。可以说，财旺对自己说的话很在乎，他严格反对沉默是金，觉得是金子就要发出声音。确实，财旺说的不少话，还是有道理的，甚至有些还可以提升到哲理的高度。

与大头喜欢热衷于男女情感不一样，财旺更擅长于解读人生。财旺说，人的一生，总是在不断失去，有失恋的，有失意的，有失业的，甚至还有失忆的。但所有的失去，都不需要安慰，安慰就像往伤口上撒盐，只会让你更加疼痛。而要缓解这种失去的疼痛，最好的办法就是去获得更多，当你获得的超越了你失去的，那就是最好的治愈。

是的，当你中了彩票五百万时，还会为被诈骗五十万难受吗？当你坐上劳斯莱斯幻影时，还会为错过奔驰、宝马而遗憾吗？当有天仙对你投怀送抱时，还会为前女友的离开而伤心吗？虽然这些假设基本属于理论范畴而现实中基本不可能发生，但也足以证明财旺的理论是成立的。

说实在的，我已经有好长一段时间没有见过财旺了，但财旺说过的一些话还是让我印象深刻。而让我没有想到的是，当财旺再次跟我相见时，他跟我大谈特谈的话题，竟然成了房子。

财旺跟我见面时，我的生日已过去一个多星期了。我还是能感觉到某种钻心的隐痛，不过那都是在夜深一个人的时候。那天，恰好是财旺到我单位办点事情，然后我们就在走廊上遇到了，我请他到办公室里坐坐，还没坐下就聊开了。

那段时间里，房价涨得很快，特别是上海的房子，更是涨得飞起来。财旺说，他有几个同事，在上海买了房子，没两个月就翻了一番，赚了近百万。我与财旺在县城都还没有房子，其实原因也很简单，就是没钱，买不起房子。

上海炒房赚翻的事例，最近我也听说了不少。虽然我也心痒，但奈何没有本钱，心痒也只能左手摸右手。不过，当财旺提出合资贷款去上海买一套房子投资时，我立即举手表示赞同。

上海市中心房价已经比较高了，我们买不起，不过边上松江这些区的新房，合资贷款凑个首付还是可行的。我找了大头，旺财也找了个朋友，四人一凑，平时也都是认识的，知根知底，都是无房一族，也算是志同道合了。

那时去上海买房的鹤川人不少，只要加入就可以了。动车到上海，大概三四个小时的车程，从车站出来打的，的哥对于传说中的温州炒房团，哪怕是我们这样的散兵游勇，自来熟得就像是老朋友。可以说，买房的整个过程，就是一路绿灯顺利得很。

当签订协议付了首付款后，我忽然感觉整个人有点飘了，走在城市的水泥地面上，竟有一种踩在棉花糖上的感觉。买到就是赚到，是谁给了我这样的信心呢？或许就是所谓的氛围吧，当氛围达到的时候，情绪自然也就上头了。

回来路上，我在动车上睡着了。是的，我做了一个梦，在梦里，我发现自己正处在一座新房子里，然后，我就看到了燕子。我以为是在梦里，用力擦了擦眼睛，确定自己不是做梦，我问燕子，这是哪里？燕子说，这是你的家啊。我说，那你怎么在这里啊？燕子说，这也是我的家啊。我说，我们是一家人吗？然后，我就看到燕子笑了起来，眼睛弯成一个钩。

"快餐、方便面需要吗？"熟悉的叫卖声在我耳边响起。睁眼一看，我还坐在动车的位子上。窗外，一幢幢别墅在眼前掠过。忽然觉得那个梦，也不是那么虚幻，甚至还有几分真实。

不过，梦终究只是梦。也说说后话吧，在我们在上海投资了房产后，就见调控政策一波未平一波又起，上海的房价忽然就停滞不前了。好在是四人分摊，还不至于走投无路上天台，只能勒紧裤腰带过日子了。毕竟，自己投的资，含泪也要撑下去。

后来的后来，倒是把房子卖出去了，看似赚了点钱，差不多能补上利息那个坑。偷鸡不成米没有蚀掉，勉强还能接受吧。只是，在我们卖掉房子后没过半个月，就传来上海房价又一轮暴涨的消息。

人生投资第一课告诉我，财旺并不一定就能旺财。财旺说的是有道理，但道理是不能赚钱的，哪怕是提升到了哲理的高度。

确实，每个人都会失去，也都想去获得，但获得也不是你想获得就能获得的。有些获得是命中注定的，有些命中注定就是无法获得。正所谓，命里有时终须有，命里无时莫强求。实在不行，就做个美梦吧，梦里什么都有。

只是美梦最大的缺点，就是容易醒。

12

那天下午，丁琳忽然给我打了一个电话，神秘兮兮地说要请我吃饭。丁琳第一次请我吃饭，我实在找不出理由拒绝。何况，我凭什么要拒绝？就凭我这一个星期都没下过馆子，就凭我嘴巴已经淡出啤酒泡沫来了吗？

比约定时间迟了半个小时，我才赶到吃饭的包厢。迟到的原因很简单，就是想迟半个小时过去。我得让人觉得我工作很忙，我很有前途，我很重要，特别是在女人面前。自从我在上海合伙买了房子后，我的虚荣心就愈来愈膨胀了。膨胀到让我感觉，连信心也是满满的。

我没有想到，会在丁琳的饭局上遇到燕子。其实我一走进包厢，就看到了燕子，不过我假装没有看到，只是跟丁琳解释，工作上有点事耽搁了，还刻意说是领导交代的没有办法，实在不好意思。看了看座位才发现，除燕子边上还有空椅子之外，其他都差不多坐满了。只好在那把椅子上坐了下来。

聊起来才知道，原来是丁琳有一篇小说在国家级刊物上正式发表了。在鹤川，还没有人在国家级刊物上发表过小说，虽说早已过了文学的时代，但在文学的小圈子内还是引起了不小的轰动。正如参加这次聚餐的县文联副主席牛宝国所说，丁琳这次小说的发表，是她个人的一小步，却是鹤川文学界的一大步，可以说是历史性突破，若是在 20 世纪 80—90 年代，那可不得了，以前他在市里发表一篇小说，就感觉整个县都轰动了。他以前也是老师，之所以能调到文联去，就是因为领导知道他会写点东西。边上几人看样子也是文学圈的，纷纷表示赞同，对于丁琳取得的成绩，大家都很兴奋，为之高兴，为之喝彩，同时也流露出了一丝丝惋惜。

当然，我不属于文学圈。我也是席间才知道，丁琳之所以邀请我，是因为我是第一读者。丁琳说，那篇小说，本来是没有投稿的勇气的，说真的，很感谢你对我的鼓励。

丁琳这么一说，估计大家也以为我是搞文学的，坐在我边上的是一个叫雷贯军的老师，三十来岁的样子，平时也有点面熟，就问我是写什么的。我那时已经喝了两杯啤酒，开始有点恬不知耻了，就说，偶尔写点诗歌吧。雷贯军说，哦，诗歌啊，有在哪发表吗，我学习学习。我说，没有没有，我就是写着玩的。雷贯军说，玩玩好，我就是写散文玩的，昨天日报就发表了我的一篇文章，题名叫《如雷贯耳》。我说，《如雷贯耳》啊，那我一定得看看。雷贯军说，唉，就是玩玩，玩玩而已。我说，我敬雷老师一杯，祝贺雷老师《如雷贯耳》发表。

确实，我也没有想到，我会这么快地融入文学圈这个神秘的小圈子。不得不说，传说中的清高，也高不过一杯酒的高度。只要你会喝酒，愿意主动喝酒，不管你会不会写，怎么写，写什么，就可以加入他们，跟他们打成一片。

丁琳虽然是主角，但估计有所顾虑，喝得比较保守。燕子应该是丁琳叫来保驾护航的，喝起了茶水。而我，虽然就坐在燕子身边，但并没有把她看在眼里，反而激发了我喝酒的积极性。后面更是来者不拒，主动出击。也不知是喧宾夺主，还是喧宾夺酒，反正喝着喝着我就有了主场的感觉。

记得我打通关敬到燕子的时候，为了礼貌，倒了满满的一杯，端起来的时候，燕子说，你还是少喝一点吧。我笑了笑，说，你意思一下，我干了。也不管燕子喝的只是茶水，就一仰脖子闷了进去。

喝到后来，我忽然发现眼前桌子上多了一杯热水。我是喝到嘴里感觉特别温暖后，才发现的。于是，我把热水杯子往前推了出去，顺手找到酒杯，继续喝酒。

　　那天晚上也确实喝得有点多了，连怎么回到家的都有点迷糊了。只是隐约记得，当我趴在床上迷糊之际，燕子给我打来一个电话，燕子说，回家了没？我说，回了。燕子说，以后不要这么喝酒了。我说，你管不着吧。燕子说，这么凶干吗？我说，凶怎么了，你以为你是谁啊。燕子说，那我们还能做朋友吗？我说，谢谢，不需要。

　　当断不断，反受其乱。确实，早就该结束了。

第二章

1

在喝水与喝茶之间，我选择了喝酒。

在相恋与相思之间，我选择了相亲。

在无聊与闲聊之间，我选择了网聊。

多年前我曾经注册过一个 QQ 号，热衷一阵子后，挂在那儿，基本处于搁置状态。而自从拒绝与燕子做朋友，拒绝闲聊后，特别是到了晚上单身狗时间，确实也比较无聊。也不知是手痒还是手欠，那天我在 QQ 上查询了一下燕子，结果瞬间就飞出了无数只燕子。即使是限制了性别、年龄、地域后，还是能看到长长的一大串。顿时感觉，网络的世界比草原还要辽阔，比天空还要宽广，比想象还要夸张。自然，男人那狩猎的原始本能也被激发了出来，开始了乱枪打鸟的加好友方式。

功夫不负无聊人。一段时间后，我竟然与"十二只燕子"成为好友。当然，这数字对我来说太过庞大了，经过近半个月的筛选，终于把这个数字锁定为三个。

筛选的方式可以说简单粗暴。以前相亲时，要给介绍人面子，还要照顾对方情绪，话里话外总留有余地，毕竟在一个小县城里，抬头不见低头就可能见到。但在网络里，一言不合，一句不爽，一时不回，直接就可以拉黑删除了。

三只燕子，一只来自杭州，一只来自深圳，还有一只来自舟山。对于海，我似乎有一种执念。生活中，我是单身狗的状态，但在网络里，我可以是海的王子。

杭州的燕子还是大学生，她的 QQ 签名是：断桥是否下过雪，我望着湖面，水中寒月如雪，指尖轻点融解。

与杭州燕子聊天还是比较轻快的，不像签名那般冰冷，更像是三四月的杨柳，给点春风，就能摇摆起来。从签名可以看出她应该是许嵩的歌迷，一开始我就问她是否喜欢听歌，喜欢谁的歌，正如我预想的那样，我们的聊天就在愉快的咳咳声中进行了下去。

得知她在杭州上大学，老家是东北辽宁的，姓那，据说跟那英还有点八竿子打得着的亲戚关系。我说，那我叫你那燕子吧。对方回复说，行，那我就叫你马疯子吧。我的 QQ 名叫"不敢裸奔的疯子"，马疯子就马疯子，我说，行，不叫我马裸奔就可以了。对方回复了一串龇牙大笑的表情。

是的，跟杭州燕子聊天有让我梦回大学的感觉。我以前也在杭州读过大学，但回想起来却像是读了一个假的大学。四年的青春乏善可陈，总结起来大概一句话就可以了，对，都被一只叫"单身狗"的狗给吃了。于是，当我梦回大学的时候，我就会说一些以前不敢说的话，问一些以前没有问过的问题。

譬如，我会说，不论断桥有没有下雪，我都会想起你的脸。对方说，那你看过我的脸吗？我说，有啊，梦里看过。对方说，不要脸，外加一个羞羞脸的表情。

我也会问，红雨飘泼，泛起了回忆，你怎么潜啊？对方说，我是潜水艇，随便潜呗。我说，你是U2吗？对方说，什么意思？我说，型号啊。对方说，啥型号啊？我说，挺（不小心把"艇"打错了）的型号。对方说，不跟你说了，又加了一个生气的表情。

而跟深圳燕子聊天，那又是完全不一样的。如果说跟杭州燕子聊天是梦回大学、回到过去，那后者就是接轨世界且有出轨的风险了。

我也是聊到后来才知道，深圳燕子竟是传说中的二奶，也难怪在聊天中常出虎狼之词，闪得我脸红心跳难以招架。深圳的燕子也不是深圳本地的，她是从安徽去深圳打工的，认识了一位香港的老板，一来二往就被包养了。香港老板在香港还有老婆，在深圳买了幢别墅让她住着，一个月只能见上几面，她平日里除了刷剧、打麻将外，也就是在网上跟人聊天。

深圳燕子还跟我说起，她跟别的二奶不一样，因为男人老婆的身体不是很好，男人答应她，等他老婆不在了，就正式娶她过门。我说，男人的话，你也相信？深圳燕子发了个笑脸，说，宁可相信世上有鬼，也不相信男人的嘴。我说，那你是不相信了。深圳燕子说，我相信啊。我说，我信你个鬼。深圳燕子说，我是真的相信，你不相信就算了。我说，你这样自欺欺人有意思吗？深圳燕子说，骗自己一时是自欺，骗自己一辈子就是自信了。

我跟深圳燕子说话总是比较随便，但她这句话还是让我愣住了。是的，生活很多时候不就是自欺欺人吗？有时候相信不该相信的，才能活得开心，活得有希望。而自己又何尝不是这样呢。于是，我在QQ上点了一个大大的赞，给深圳燕子，也是给我自己。

至于舟山的燕子，她的情况倒跟我比较类似。她是本地人，在本地的一家事业单位工作。有意思的是，她也被逼着到处相亲。我们在网络上聊彼此的相亲糗事、趣事，还相互交流总结经验，不知不觉地，就成了无话不说的好网友。

网络是虚拟的，但也不知道为什么，在网络上聊久了，我经常会产生错觉，觉得现实才是虚拟的。舟山燕子说，我是潜意识里逃避现实。而我想说的是：

如果可以，请叫我潜水艇。哦，打错了，是潜意识。

2

那天夜里，我正跟舟山燕子聊着。

聊着聊着，就聊到了一个大项目。是这样的，出于对相亲这个行业的热爱，我们计划着合作出一本相亲指南，把失败的经验传授给千千万万即将相亲和正在相亲的男男女女。

不过，计划着计划着，计划就变化了。舟山燕子表示，过几天她要到暖州出差。暖州是鹤川上头的市，于是我说，暖州小吃天下知，到时记得把小肚子带上。舟山燕子说，可以啊，那你能不能当我的吃导啊。我说，不能，我怕把你肚子搞大。舟山燕子说，你敢。

我不敢。我是真的不敢。不是怕见光死，而是怕见光了，还要死要活。毕竟，我们隔了不可能实现现实的距离。于是我顾左右而言他地找了个理由，委婉地拒绝当吃导的要求。就在我松了口气准备下线时，又听到咳咳的声音，是深圳燕子给我发来了消息，点开一看，竟是这样的字眼，想 ** 吗?

这两个字显然是辣眼睛的，那就让它处于屏蔽状态吧。记得当时，我惊呆了。脸红我看不到，但心跳加速还是能明显感知到的。虽说深圳燕子跟我聊天时也提起过不少虎狼之词，但这么直截了当有针对性，我想了想，觉得她可能是发错了。

愣了半晌，也不知怎么回复。深圳燕子又发来消息，说，在吗？我说，在。想了想，急忙把 QQ 隐身了。深圳燕子说，有没有吓着你啊？我说，没有，我是谁啊。深圳燕子说，那刚才怎么不说话啊？我说，我在想，你是不是受了什么刺激。

沉默了好一阵子，深圳燕子才发来消息，说，晚上跟她男人吵了一架，刚洗了个澡，现在舒服了。我说，大冷天的，小心感冒发烧。深圳燕子说，放心吧，我就是发骚，也不会发烧的。我说，知道了，你那是易骚体质。深圳燕子说，这你也知道。我说，还有我不知道的吗？深圳燕子说，当然了，要不要我告诉你一个你不知道的秘密？我说，说吧。接着，深圳燕子说了一句少儿不宜的话。

这样的对话，让我的身体开始失去控制，包括我的大脑。而在深圳燕子的诱导下，我感觉整个身心正坠入一团迷雾之中，飘飘然而不能自已。迷雾之中，我竟又看到了燕子，那个笑起来眼睛带钩的燕子。然后，她的身体也变成了一团迷雾，与我融合在一起。

而当所有的迷雾随着汹涌的欲望潮水般退去时，我忽然感觉一片荒凉，就像是一个刚犯了罪的人，置身于无边的荒野之中，不知去向，无所适从。我呆了很久，才慢慢缓了过来。

第二天早上，我上班迟到了。其实，上班迟到也没什么大问题，无非考勤要受影响。但问题是，正好碰到县纪委查岗。全县上下正在落实效能革命，我确实是大意了。

我写了检讨，还在单位全体会议上被通报批评，听说还是局领导向县纪委求情的结果。这无疑是一大瓢冷水泼在我的身上。被处理后的当天晚上，我一个人坐在办公室里，想了又想，犹豫再三，咬咬牙，还是把深圳燕子拉进了黑名单。

本来也想跟深圳燕子道个别，但我确实不知道怎么去道别。要删除吗？最终还是没有按下去。

是的，就在我把深圳燕子拉黑后，我能感觉到，有一种真实的能量正慢慢回到我的身体里。就像一条鞭子打了过来，帕一声，浑身一震，然后火辣辣的感觉在全身蔓延开来。

后来杭州燕子问我，有个男生在追她，怎么办？我说，不是在网络上的吧？杭州燕子说，不是，是她同学校的同级同学。我说，好啊，那还不好好珍惜。杭州燕子说，不过，好像聊不到一块去。我说，那是他在乎你，所以见着你就会紧张，甚至会说不出话来。那些在你面前舌灿莲花，能逗得你心花怒放的，都是花花男人。杭州燕子说，那你在乎我吗？我说，你要听真话吗？杭州燕子说，当然了。我说，不在乎。半晌，杭州燕子才回了消息，说，我知道了，谢谢你。

对，还是要面对现实。就像面对叫早的闹钟。

也就在那段时间里，机关里曝出了一个八卦大新闻，说某某因为裸聊被骗了几十万。是的，如果可以，不要网聊！不要网聊！！不要网聊！！！

重要的事情说三遍。再说一遍：

在虚拟的世界里，寂寞的，会更加寂寞；堕落的，会更加堕落。

更重要的是，还有骗子出没。

<h2 style="text-align:center">3</h2>

网络是虚拟的，而人生却是无常的。

没想到胡老头会叫我吃饭。胡老头是我以前的饭友。曾有一段时间，我们大概七八个年轻人，大多是乡镇过来的，也没有成家，就合伙凑钱雇个阿姨烧饭，一般是在阿姨家里摆上一桌，吃顿中餐、晚餐。我与胡老头就是在那时候认识的。

胡老头真名胡胜利，由于长得成熟，说话、做事也老练，大家就叫他胡老头了。不过，自从胡老头去年被下派到乡镇任职副镇长后，就改口叫胡镇长，很少有人叫他胡老头了。

之前，我就听说过胡老头的事情。乡镇的周末都是有人值班的，由镇里班子成员轮流带班，那天轮到胡老头带班，恰好碰到有点私事要去县城一趟，胡老头抱着侥幸心理离开了，想着就一两个小时应该没什么问题，没想到就在他离开后市纪委就过来查岗了，带队的还是市里主要领导，结果他背了警告处分，还被县里在效能大会上予以通报批评。

胡老头的情况跟我有点类似，但后果就严重多了。胡老头去乡镇任副镇长时，前途被人看好，但背上了处分，前途就大受影响了。

当胡老头说请我们饭友团聚一聚的时候，我想都没想就答应了。以前饭友也偶有聚餐，但胡老头因为工作忙，很少参与，难得胡老头主动，更难得的是在这种情况下。

大头跟我也是饭友，留德夏跟王财旺，也一起吃过一阵子，都被胡老头请过来了，加上其他几个饭友，总共八九个人，正好坐了一桌。

饭友饭友，天下我有！饭友饭友，开始喝酒！照例，在开杯前，我们一起拍桌子喊了口号。这是我们饭友团聚餐喝酒必备的仪式感，这仪式感一拉满，大家就开始放箭，谐音就是犯贱的意思。

人至贱则无敌。酒量也是一样，随贱上涨。在这贱贱的气氛中，酒杯也碰得特别清脆，听着特别开心。

酒局中，谁也没有提胡老头的事情。倒是后来胡老头自己说了，那件事情对他没有什么影响，他早就想开了，没事了，喝酒喝酒。

酒啊，真是好东西，一箱纯清喜相逢，两个通关才开头。不过，酒也真不是东西，喝着喝着，大家就开始互相伤害了，譬如，要跟大头共同署名在报纸上发新闻，要留德夏赶紧回去加班写稿子……

对于我来说，受到的伤害，就是要给我介绍相亲对象。如果是其他人在其他场合给我介绍对象，我会感谢感谢再感谢，但这是什么场合啊，这场合是适合递刀子、捅刀子的。还好，胡老头帮我解了围。胡老头说，老马啊，大家就不要给他介绍了，我包圆了。

而胡老头给我介绍林琳燕的时候，已是酒后第三四天的事了。胡老头是这么说的，我们镇里新来了个女的，应该还没有男朋友，感觉跟你还挺般配的，我给你介绍一下吧。我说，你还真给我介绍啊。胡老头说，那当然是真的。接着，他又把名字和电话告诉我，让我主动一点。

看到名字里那个"燕"字，我忽然感觉有点错愕，怎么近来遇到的都是跟"燕"字有关的。难道是我上辈子缺燕，这辈子跟

"燕"字杠上了。不过，还是得感谢胡老头，赠人玫瑰手有余香，给我介绍必有好报。

遗憾的是，好报这词太抽象了，甚至有时还会抽风。胡老头说过，准备跟女朋友在年底结婚。没想到没过多久，就传来他们分手的消息。看来，那件事情对胡老头还是有影响的。

还好，不影响胡老头跟我们喝酒。胡老头喝酒时，干完用手背轻轻一抹嘴唇的潇洒样子，一直没有改变。

4

做人，还是要面对现实的。

我尝试着跟林琳燕接触，电话里聊得还不错，又约了见面，也感觉可以。经历了这么多次相亲，这次感觉是最靠谱的。

确实，对于房子、车子这些外在的物质条件，林琳燕明确表示不在意，她也不在意男人有没有前途、事业心如何，甚至也不在意男人的身高、颜值。实在是太实在了。而她的实在让我也实在起来，我实在想不出来，跟她不实在下去的理由。

我也有问过林琳燕，她最在意什么。林琳燕说，我也不知道啊。我说，你是不是什么都不在意啊？林琳燕说，可能吧。

而让我没有想到的是，那天，林琳燕在电话里跟我说，她想去暖州买衣服，问我要不要跟她一起去。很多鹤川的女人好像都喜欢去暖州买衣服，不过基本都是约上闺蜜一起去的。林琳燕不会是把我当闺蜜了吧？当然，男闺蜜也不是不可以，但我想她一定是另外的意思。

另外是什么意思，我也就不好去问了，我能做的，只要答应就可以了。可能是我们两个之间还有点不好意思，便约好了各自坐车去，在银泰百货门口会面。

坐车，见面，逛商场，一切都在计划之内、情理之中。中午是在时代广场一家店里吃的。我本来还想着，吃完饭就可以回去了，毕竟吃饭的时候已经下午一点多，吃完都两点多了，再耽搁一下估计就要留在暖州过夜了。我可不想让林琳燕误会我是一个不实在的人。

而就在我们快吃完的时候，林琳燕忽然跟我说，好累，我们去开个钟点房休息一下吧。确实，我也觉得好累。不过想了想又觉得哪里不对，愣了一下，说了声，啊？林琳燕说，放心吧，房间费我会出的。我说，不行不行，房间费我来出就可以了。林琳燕笑了起来，说，都没开房呢，我们抢什么。

开了一间钟点房，当我在床沿上坐下来时，才松了一口气。说实在的，这方面我确实没有经验，有种做贼的感觉。现在，贼已经进房间了，那接下来应该干点啥呢？

看了林琳燕一眼，林琳燕说，你看我干啥，睡觉吧。对啊，我们是来睡觉的，那就睡觉吧。外衣一脱，单人床上，我睡这边，她睡那边，同一条被子下，闭上眼睛没多久，就听到耳边传来轻鼾声。

我一时没有睡着，也不敢翻身，想到那个禽兽不如的段子，顿时就有了切身的体会，怕人家说我是禽兽，又怕人家说我禽兽不如。正忐忑着，感觉身边的林琳燕翻了个身，斜瞄了眼，感觉跟我贴近了，目视距离几乎接近了传说中的 0.01 厘米，心里又是一阵紧张。偷偷地把手往里面挪了挪，感觉碰到了什么，急忙又缩了回来。

我还是睡着了。隐约中，感觉有一种柔软的温暖贴在我后背，然后开始融化，从后背逐渐渗入进来，弥漫至全身，乃至指尖、脚尖。我不敢也不能动弹，不知过了多久，睁开眼时，发现林琳燕已经醒来靠在床头了。

我连忙靠了起来。林琳燕说，你醒了。我说，不好意思，睡过头了。林琳燕说，没事，你还可以睡一下。我说，不睡了。林琳燕说，那我们走吧。我说，好。

回去的路上，林琳燕并没有对我这禽兽不如的表现有责怪的意思，我不知道这是不是林琳燕在考验我，也不知道我的考验有没有过关。但还是很快地，没有一点点心理准备，答案就揭晓了。

是从暖州回去后的那个晚上。我们是坐出租车回去的，从暖州到鹤川，有不少跑出租的，到点接送，凑齐四个就可以走了。我跟林琳燕住的还比较远，她到达了，我还要再坐几分钟。我到家后洗了个澡，靠在床头发呆，忽然听到有信息发来的声音，打开手机一看，顿时惊呆了。

信息里林琳燕说，非常抱歉，她不能跟我继续下去了，她已经努力了，但确实还是找不到那种感觉。不是我不够好，而是性别的原因。希望我能够理解。

她还给我转了一千元钱，说这是她应该承担的花费。如果原谅她的话，就把钱收下，把信息也删了，就当没遇见她这个人。

我满足了林琳燕的要求。我也明白林琳燕的意思，她是个实在人，不会刻意骗我。性别的事，喜欢异性是我们的习惯以为，但不习惯以为的，也应该允许存在。只是我没有想到，这情况会让我给碰到了。

不过，当我满足了林琳燕的要求后，还是感觉到一种强烈的颠覆感，我的现实感被击破了，不能说是支离破碎，但至少也是破了个大洞，漏风了，脑瓜子嗡嗡地响。

就在我心潮翻涌时，忽然间，电话响起，还以为是林琳燕打过来的，顺手接了起来，就感觉被电了一下。

"喂。"电话那头传来的，是燕子的声音，那个笑起来眼睛有个钩的人的声音。

"你是不是打错了？"我说。

"你是不想我打电话给你吗？"燕子说。

我一时不知怎么回答，想了想，终于说道：

"不是。"

5

没有想到燕子会在这个时候打电话给我。

我知道，当我说出"不是"的时候，我又将堕入某种虚无之中。从哪里爬出，又从哪里堕落。人哪，总喜欢犯贱。毕竟，犯贱使人快乐，哪怕这快乐是不长久的。

燕子说，你会笑话我吗？我说，怎么会呢。燕子说，那你给我讲个笑话吧。

我想起网络上看到的一个段子，于是说，有一天晚上，一个猎人正在山路上行走，这时候，前方忽然出现了一只大灰狼与一个大头鬼，而猎人手里只剩下了一支箭，如果你是猎人，你是先射狼，还是先射鬼？

燕子说，要不我们一起射吧。燕子这么一说，我就知道她听过这个段子，只能说，一起怎么射啊？燕子说，你射狼吧。我说，那你呢。燕子说，我射色狼啊。燕子笑了起来，不过笑了两声就停了。

我说，网络时代，连笑话也难混了，刚露个脸，大家就都认识了，还怎么搞笑啊。燕子说，那就说说你的笑话吧。我的笑话？我想了想，说，我就是笑话啊。

燕子笑了起来，笑得有点夸张。有这么好笑吗？这好像并不好笑吧，就在我纳闷之时，忽然感觉有抽泣的声音，燕子好像哭了，又听了下，确实是哭了。我说，你怎么了，没事吧？燕子抽泣着，顿了顿，说，其实，我也是个笑话。

情绪稳定下来后，燕子告诉我，她跟之前那个相亲对象掰了，是她看走眼了，开始还以为对方是工作忙，没什么时间陪她，后来才发现对方是个花心大萝卜，脚踏好几条船，她只不过是其中的一个，还是排名靠后的那种。燕子还问我，她这样子算不算是报应。

我能说是报应吗？对于这个问题，我心里想说是的，叫你只看外在条件，不看内里真心。不得不说，真心是条狗，狗咬吕洞宾，不识好人心。更准确地说，是狗舔燕子声，不识好人心。当然，嘴可不能这么说，我是好人，但不是好傻。

于是，我说，不算。燕子说，那算什么？我说，报应报应，如果不需要抱抱，就是赢了。燕子说，抱你个头啊。我说，说真的，你这是发现得早，及时止损，算是赚到了。燕子说，那你赚到啥了？我说，赚到你了。燕子说，不跟你说了。

还好，燕子没有挂电话。沉默了好一阵子，忽然听到燕子说，你是不是喜欢我啊？

心里一个趔趄，确实没有想到她会这么说，我说，明知故问，是不是有点不地道啊？燕子说，我又没有挖地道。我说，可你挖坑了。燕子说，我挖啥坑？我说，那我直说了。燕子说，说吧。

我，我，我。我竟一时说不出来，在燕子一番嘲笑后，我倒吸了一口凉气，终于说出了那几个字：我喜欢你。燕子说，你说什么，我听不清楚。我喜欢你！对着手机，我大声喊道。

第二天早上起床上班，我在落地房二楼楼梯口遇见了主人家老奶奶。我住在四楼，她住在二楼，老奶奶快八十岁了，但身体还算硬朗，正在拖地，见我蹬蹬下来，抬头问我，小马，昨晚睡得还踏实吗？我说，踏实。老奶奶看了看我，让我等一下，转身从房间里拿了一个香囊给我，说，这是我从寺院里求过来的，你把它放在枕头下，能辟邪。

我愣了一下，想起昨晚大喊的样子，不由得脸热了起来，拿过香囊，说了声谢谢，赶紧溜之大吉。

6

自从那一天晚上我对燕子说出"我喜欢你"之后，忽然就有一种被解放的感觉。解放区的天是明朗的，乌云散去，阳光灿烂，万物生长，连胆子也变得愈来愈肥了。都说喜欢就是放肆，我对燕子说话也愈来愈放肆了。

记得那天晚上，在电话里，燕子说，有没有想我？此前，我打电话给燕子，燕子说，她在外面，跟朋友喝茶。我说，什么时候回家？燕子说，不知道。我说，我会想你的。燕子说，不跟你说了。

是的，我已经想了很久。听到燕子这么问我，我顿时心都麻了。我说，当然想了。燕子说，想我什么？我说，想你的，所有都想可以吗？燕子说，不行，不能贪心，只能挑一样。我说，那就想你的脚指头吧。燕子说，你想打我的脚指头什么坏主意？我说，放心，我不会打的，亲都来不及呢。燕子说，谁给你亲了，流氓，不要脸。我说，我只亲脚指头，不亲脸。燕子说，不跟你说了。

听到燕子这么说，我连忙收敛了起来，怕再说错了，就静静地等着。终于，燕子说，你怎么不说话啊？我说，我不敢说，怕你不跟我说了。燕子说，好吧，看你态度不错，就允许你亲下我的脚指头吧。

忽然有点恍惚，当我说"那我亲了啊"的时候，我听到燕子"嗯"了一声，然后，感觉嘴唇被电了一下，顿时整个身体都麻了。

黑暗中，我似乎能看到那雪白的脚趾，琴键一般的，安安静静的，等候着被拨动。然后，我就听到了心跳的声音，那是琴键在我心里跳动的声音。

是的，只有卑微的忠仆，才能亲一下主人的脚指头。但在男女关系中，卑微是可以放大的，如同得寸进尺，从脚指头开始，到身体其他部位，一点点的，就像是子弹一发不可收拾了。除了敏感部位的敏感词，一提起就会被警告喊停。

只是这一切都被控制在电话里，在那个世界里，我们可以放肆自己的身体，但愈是那样放肆，我们就知道愈要控制。

说不清是为什么，我们都保持着默契，尽量不在生活中，以面对面的方式，破坏我们的默契。

记得有天夜里，我跟大头他们喝酒，回来迟了。路过一片黑暗区，看到前面一盏路灯孤独地站在那里，忽然觉得有点害怕。

是的，不是灯光可怕，而是孤独太可怕了。确实，我害怕孤独，更害怕孤独会离开我，那就连孤独也没有了。

有些灯光，是孤独的，站在黑夜里，什么都不说。路过后，我又回头看了看那盏灯，忽然想说点什么。

7

还是会有问题的。

　　不得不说，跟现实切割，是最难做到的。那天海大少给我打来电话，说周董要到暖州开演唱会，问要不要去支持一下。海大少跟我一样，在大学里都比较迷周杰伦。当然，相对海大少，我就迷得有点假了，我是海大少迷进去后，才跟着迷的那种，属于跟风迷、二手迷、迷之不自信的迷。

　　我说，那你给我搞两张演唱会的票吧。海大少在暖州市文化局工作，虽说是老同学，毕业后其实联系也不多，但帮忙搞两张票应该是没问题的，何况我也跟他说了，要多少钱得跟我说一下。

　　我也没想其他，开口就要了两张。当海大少跟我说两张票已经搞定时，我反而有点为难了。我知道燕子是周杰伦的真爱粉，上学时还加过粉丝后援团，可以说，潜意识里我就替燕子要了一张，但我该怎么把票送给燕子呢？

　　确实，一起去看演唱会，就意味着我们的关系步入现实了。而现实又意味着什么呢？想起就让人头疼，那就暂时先装聋作哑、视而不见吧。聊天中，我说到了周杰伦要到暖州开演唱会的事，燕子说她已经知道了。我说，你会去看吗？燕子说，当然去看啊。我说，你买票了吗？燕子说，那当然了，早就预购了。

　　燕子的话让我语塞，还有心塞。那几天，我的心里就一直塞着那张票，燕子有票了，那这张票怎么办呢？跟海大少说这张票我退了，这不是为难老同学还打自己脸吗？送给别人的话，又送给谁呢，关键是心痛舍不得啊。

不得不说，周杰伦的影响太大了，演唱会还没开始，就严重影响了我。那天，我吃完晚饭走在街上，耳边《菊花台》忽然飘了过来，应该是路边商店音响里传出的："……菊花残，满地伤……花落人断肠……"

不由得屁股一抽，一种疼痛感突兀地钻了出来。我知道，那是我晚上嫌嘴淡吃了辣子鸡中的"战斗鸡"——麻辣鸡爪，痔疮又犯了。三步并成两步，赶紧回到出租屋，往床上一趴，正想呜呜几句自我疗伤一下，手机响了。

是燕子打过来的，还想着装委屈让燕子安慰几句，没想到燕子一开口就说，气死我了。我说，怎么了？燕子说，居然欺骗我的感情，太气人了。我说，现在除了我，还有谁能欺骗你感情吗？燕了说，你就算了吧，又不是杰伦。我说，你不会说是杰伦欺骗你感情吧？燕子说，不跟你说了。

一番安慰后才知道，帮燕子买票的朋友告知她，说是系统的原因，预购没有登记进去，现在已买不到票了。难怪燕子要生气，还把气撒在我的头上。

正所谓，有心生气气难发，无心撒气遇着他。他是谁？他就是我啊，遇到我，这一切不就都解决了吗？于是我说，我这里还有一张票，你要不要？燕子说，真的？我说，那当然了，骗谁也不会骗你。燕子说，那你不早说。我说，早说了，你就不要了。燕子笑了，又说，那你自己呢？我说，我有一张了。燕子说，看来你是蓄谋已久啊。我说，是啊，谋事在人，成事在天。燕子说，既然天意如此，就给你一次机会吧。

终于在现实中见面了。大海里面都是水，演唱会上都是人，男男女女的，但显然女的要比男的多得多，从门口进来，就被浓浓的香水气味给熏迷糊了。燕子也化身迷妹，一脸兴奋。作为跟风二手粉，我跟在燕子后面，边挤边找座位。

落座后，先是不知名的歌手上来暖场。耳边都是歌迷们"杰伦杰伦"的声音，看着燕子挥舞着荧光棒边喊边跳的样子，我也跟着喊了起来。可没喊两声，就感觉呛着了，不由得一阵咳嗽，缓过来后，就再也不敢发声了，不过，为了不被人看穿我可能是个假粉丝，还是努力对好口型假装呼喊。

周杰伦终于出场了，大屏幕要比舞台上的真人看得更清楚，耳边已是一片尖叫声，燕子扯住我一只胳膊，在我耳边喊道，杰伦，杰伦，我真的看到杰伦了。

看着燕子开心的样子，可以说，我比看到周杰伦还要开心一百倍。当然，这个一百倍是抽象的，也可以说是我看到周杰伦感到开心的时候，忽然被什么刺激了一下，然后开心就膨胀了一百倍。

我喜欢胳膊被燕子扯住的感觉，甚至我都羡慕起那只胳膊来了。周杰伦开唱了，我听不清楚周杰伦唱的是什么，但能听出那曲调是《青花瓷》。

天青色等烟雨，而我在等你……燕子的声音在我耳边响起，我认真听着，就好像是在听燕子的演唱会。

好吧，只要不唱《算什么男人》，哪怕用《双截棍》扁我，《龙卷风》刮我，《千里之外》远离我，就是以《我不配》打击我，我都可以《跨时代》，坐上《时光机》，回到《三年二班》，做一个《听妈妈的话》的《忍者》。

谁能用琵琶弹奏一曲东风破，让我们回到曾经年少的时候，估计只能是周董了。我不知道我的青春是不是散场了，但演唱会还是很快地散场了。

快乐的事情总是过得特别快，一转眼，我就一个人在街头流浪了。从鹤川赶来听演唱会的，有不少相互认识，就拼了车过来。我与燕子是搭不同车子过来的，自然也搭不同的车回去。问题是，我搭的车子上莫名多出了一个女同志。车子里本来就挤，我只能无奈识趣地让女士优先了。

嘴里说着我在暖州有同学，可以到他那住一宿，但我也知道，那只是显显能耐说给别人听听而已。譬如海大少同学，都帮你搞票了，就已经够意思了，再帮你搞睡的地方，即使是同学，让人家搞太多，以后也便难搞了。

正好可以一个人吹吹风。已经九月了，九月的夜风，吹得我的脖子愈来愈往下缩。想着打的回去，单打舍不得花那钱，拼车嘛，还要找人问电话，正犹豫着，手机响起，是大头打过来的。大头说，在哪呢？我说，在家呢。作为一个相亲主义实在男，实在不好意思说自己去暖州看演唱会。大头说，那快到老电影院门口来吧。到老电影院门口其实不是去看电影，而是去夜宵排档喝酒。实在没办法，我只能撒谎咒自己说，肚子难受，晚上吃坏了。

而就在我下了打的的决心准备拼车回去，还在等车的时候，燕子给我打来了电话。燕子说，你到家了没？我说，你到了吗？燕子说，到了。我说，我也快到了。燕子说，我等你啊。

是的，燕子的意思是等下打电话给她，但我现在也不知道回去还要多久，连忙说，刚才有朋友叫我吃夜宵，我答应了，估计回去要迟了。燕子说，行，那你慢慢吃吧。

撒谎的确是要遭报应的，何况我一连撒了两次。结果，那天晚上回来后，不仅闹了肚子，而且咳嗽、流鼻涕的症状持续了一个多星期。

8

燕子说，要给我补偿。

当在电话那头得知我感冒的事时，燕子说，我不能跟你聊天了。我吓得心头一蹦，说，为什么？燕子说，怕被你传染啊。我缓过气，说，我们可以有话同聊，为啥不能有冒同感啊？燕子说，我可不想跟你戴同款的帽子。我说，啥同款帽子？燕子说，绿帽子啊。我说，你敢。

燕子哈哈笑了起来，说，你想到哪里去了。我说，我想到你那里去啊。燕子说，你就痴心妄想吧。我说，那你要我怎么想啊？燕子说，随便。我说，那我就随便想了。

是的，燕子还是满足了我的想象。那么聊着，也不知到了什么时候。燕子说，十一，你想去哪里？我说，你去哪里，我就去哪里。燕子说，那我带你去海南吧。我说，海南啊，你有没有听过这样一句话，到北京才知道官小，到广州才知道钱少，到海南才知道身体不好。燕子说，对啊，我就想知道你身体好不好。我说，放心，我身体好着呢。

一开始，我还以为燕子是开玩笑的。但很快地，我就发现，燕子竟然是说真的。第二天燕子让我把身份证发给她，说要订机票。我吓了一跳，说，还是我来订吧，你把身份证发给我。燕子说，上次票是你买的，这次票我来吧。我说，不行不行，那怎么行呢。燕子说，你不把身份证发过来，那我就自己一个人去了。我说，好好好，我马上发你。

在把身份证发过去时，我还有一种做梦的感觉。打开手机，看了又看，确认了，才缓缓舒了一口气，压制住蹦起来的心。我知道，燕子是要答谢我上次请她看周杰伦演唱会的事情，但这样的答谢方式，就不仅仅是答谢那么简单了。

　　大头曾经说过，推进男女关系最好的助攻方式，就是一起去旅游。旅游能让人身心放松，热情高涨，也能把生米煮成熟饭，自然而然，水到渠成，小事就做成大事，甚至是终身的大事。

　　当然，大头也说过，结束男女关系最好的助攻方式，也是一起去旅游。因为，乌龙球也属于有效进球。不过，我还是自动忽略了后者，坚定地相信，我与燕子之间会有大事发生，甚至有终身的大事发生。

　　等待的时间总是漫长的，也是忐忑的。我知道燕子做出这样的决定，肯定有她的想法，但我还是不敢试探，怕万一试探出什么问题来。我能做的，就是假装什么也没有发生，然后等待出发的消息忽然从天而降。

　　不过，在现实中，我还是做好了积极、全面、细致的准备。譬如，先去逛了鞋店、服装店，都说女人看男人是从脚开始的，那我就从脚开始武装吧，自己的审美不行，就让售货员小妹、老板娘大姐帮忙把关，我也知道她们的赞美是出于消费者是上帝的职业本能，但我也确实需要这种职业的赞美，让我相信人靠衣装马靠鞍，行头换一换，自信放光芒。

出发前的三天，我还去了理发店。与之前在巷弄里随便解决不一样，特意选了家当街时尚的店铺，还特别交代了托尼老师，搞个显年轻、显精神的发型。托尼老师让我放心，又说，要不要染一下？说实在的，近段时间来，总有几根顽强的白头发在我耳边抢镜，我也曾痛之拔之，却又见生之现之。我说，几根能染吗？托尼老师说，当然能啊。我说，行，那就染几根吧。托尼老师说，你喜欢什么颜色？我说，黄色。我来自农村，对于黄色的土地有一种特殊情感。让我没有想到的是，当我闭眼思考完一段美好人生后，我的额头处竟多了几根黄毛。当然，我是无法接受小黄毛形象的，又是一番折腾，才给重新改正了过来，只是多花了我五十元冤枉钱。

好事多磨。这么一点小意外是不能影响我的大好心情的，路过一家鲜花店时，我忽然想起，男女相见时，送上一束鲜花会特别罗曼蒂克。这也是大头跟我说的：对于领导而言，千穿万穿，马屁不穿；对于女人而言，千穿万穿，鲜花不穿。但经过理发店事件后，我还是保持了理智。多一事不如少一事，罗曼蒂克也可能会坏事。毕竟，我的形象跟影视剧里的罗曼蒂克镜头不是同一个画风。

起风了，我缩了缩脖子。回去后，我就看到了台风的消息，大概是说某某台风正在东海海域形成，中心风力超过十二级，有可能影响我国东南沿海等地，请大家做好防台抗台准备。

心猛地一跳，没想到，快到十月份了，还会有台风的消息。不是说以前没有十月的台风，但确实是难得一遇。鹤川虽然不是沿海，但台风影响也是比较明显的，特别是台风带来的强降雨，还是会给当地造成重大损失的。一旦山体滑坡，更是会给山民的生命、财产带来危险。

以前，我也烦台风。不说危害，台风一来，无论是否是节假日，作为防台单位，我们都要全体值班，进入工作状态。而这一次，更是紧张到一百分。如果台风在福建之北浙江之南登陆的话，十一假期也就泡汤了。自然，海南之行也就取消了。

台风在逼近，心里在祈祷。终于靴子落地，收到黄色警戒，取消假期，值班待命。预计台风登陆时间是十月四日早上，燕子买的是十月二日的票，唯一的可能就是延期出行。燕子的单位也是防台单位，我打电话给燕子说，要不，我们把票延期两天吧。燕子说，我六号要喝喜酒、当伴娘，要不要让新郎新娘把喜酒搬到海南办去？我想起自己那几天也有喜酒要喝，不由得说，那怎么办？燕子说，既然天意如此，那我们就退了吧。

没有想到，让我满怀憧憬、无比激动的海南之行，最终竟然是退票的结果。

这样的结果，让我难以接受。可是，我又必须去接受。我该怎么去接受呢？燕子在电话里安慰我说，要不，我们假装去海南吧。我说，好吧，那我们走吧。

那天夜里，我们假装去了一趟海南。不过，假装毕竟是假装的，回来的路上，我们假装让飞机落在大海里。燕子说，这样，我们就可以假装不用回来上班了。我表示赞同，还有一句话我没说出口，那我也可以假装跟燕子在一起不用分开了。

而作为补偿，燕子在假期末默许我，解禁了那几个敏感部位的敏感词。

<h2 style="text-align:center">9</h2>

离现实似乎愈来愈近了。

当然，不仅仅是我与燕子的关系。那天，黄副局长忽然把我单独叫到他的办公室。黄副局长是一个比较和善的领导，偶尔也会跟我开几句玩笑，但很少会把我一个人叫到他办公室去。

办公室里，黄副局长示意我坐下，又问，小马，你到局里几年了？我说，头尾快三年了。黄副局长说，有没有什么想法？我说，能有啥想法，好好工作呗。黄副局长说，好，年轻人就应该踏踏实实的，才能走得远。接着，他又压低了声音，说，听说纪委的刘三平书记，是你舅舅？我说，哦，是表舅，他也是去年刚被提拔为副书记的。黄副局长说，嗯，上次我跟他吃饭，他提起过你。我不知该说什么，只能说，哦哦。

黄副局长咳了一声，说，小马，跟你交个底吧，这次局党组商量人事，你们科室的中层副职，我推荐了你。心提了下，虽说我也没啥上进心，但听到黄副局长这么说，还是心头一暖，说，谢谢，谢谢黄局。黄副局长说，这件事你先不要跟别人说，接下来，管人事的同志会找你的。我说，好好好。

从黄副局长办公室出来后，我忽然感觉，自己的脚步变得不一样了。不是飘，真的不是飘。以前，我的心态大致是躺平的。现在，感觉被人拉了一下，要起床了。

还是没忍住，对燕子说了这件事，是在考察之后公示之前。确实，我也是想到我与燕子的关系能走向现实，所以跟她提了这个现实的事。毕竟，对于单位的人来说，升职是挺现实的。

我尽量让自己随意，尽量让燕子感觉是随口一提。不过燕子还是感觉出我的意思，她说，那你以后说话可以响一点了。我说，什么意思？燕子说，不是说做官不带长，说话也不响嘛。我说，一个副科长，跟当兵也没啥区别啊。燕子说，不管怎么样，还是恭喜了。

而就在我心里还在滋滋冒泡的时候，突然，电话那头传来一声尖叫，惊得我心里的泡沫顿时破裂。急忙询问，原来是燕子在房间里看到了一只蟑螂。我说，要不要我帮忙把它打掉。燕子说，好啊，你打吧。我说，我手不够长，能去你房间打吗？燕子说，那你过来啊。我说，那我真过来了啊。燕子说，嗯。

怕被再次忽悠，我说，我过来了，记得给手机充电啊。燕子笑了起来，说，放心，正充着电呢。不过，过来只打蟑螂，不能有其他想法哦。我说，好好好。既然如此，还有什么可说的呢，哥哥你就大胆地往前走吧。

这次，燕子没有骗我，还下楼开门把我迎了进去。当穿着睡衣的燕子出现在我眼前时，我不知道该怎么形容自己的心情，也不知道该说什么，就跟着燕子上了楼梯。燕子让我小声点，说她奶奶还住在这里，小心把老人家给吵醒了。记得燕子跟我说过，她爸爸妈妈，还有个弟弟都在意大利，就她一个人留在国内，没想到还有个奶奶。

轻手轻脚地跟着，走进燕子的闺房，床、衣柜，一些属于女孩的玩具用品等，看起来也没有什么特别的，我却感觉走进了一个特别的空间，一股香气漫了过来，顿时就有点飘起来了。我舒缓了口气，假装镇定，说，蟑螂呢？

燕子指了指衣柜脚下，说，刚才就钻到那里去了。然后，按照燕子所指，我认真地找起了蟑螂。

趴下身子往衣柜脚下瞄了瞄，底下一片黑，打开手机电筒照了照，发现里面有个纸盒子，瞥了眼门口墙角那儿，有把小扫把立在那里。我顿时就有了主意，拿了扫把，倒了个头，去捅那纸盒子。

一捅两捅三四捅，五捅六捅七八捅，九捅十捅十一捅，捅出蟑螂又不见。是的，捅了老半天，终于看到蟑螂跑出来了，但一转眼又不见了。

这次是跑到床底下去了。难度又变大了，床底下空间太小，扫把柄是没法捅进去的。我不由得陷入了沉思。如果说，一开始，我是醉翁之意不在蟑螂，而在燕子身上，但现在，我已经跟蟑螂杠上了。

身体几乎是摆出了各种高难度姿势，用上了手、脚、嘴巴等十八般武艺，费了两只老虎的力气，到底还是把蟑螂逼到了一个死角，然后快准狠、无情地一脚踩死。当然，这还得益于平时在出租屋经常实战训练。

所有的努力都是不会被辜负的。当我得意扬扬地向燕子炫耀战果时，燕子表示，这实在是太残忍了，让我马上把蟑螂处理掉。而就在我把蟑螂送进抽水马桶后，再次出现在燕子面前时，燕子竟然对我下了逐客令。

燕子说，蟑螂打完了，你可以走了。我说，能不能让我休息一下？燕子说，要不要在床上躺一下？我说，你不介意的话，也可以啊。燕子说，可以个头啊，滚。我说，滚就滚啊，不过看在我没有功劳也有苦劳的分上，也该表示表示吧。

然后，我突然就感觉脸颊湿润了一下。燕子竟亲了我。本来，我只是想让燕子口头表扬我一下，没想到来了这么一口。顿时浑身被电过一般，我站在那里，不敢相信这是真的。我说，能不能再表示一下？

接着，就感觉另一边脸颊也湿润了一下。如此诚意满满，我还能说什么呢？

是的，燕子叫我走，我就走。燕子叫我滚，我就滚。燕子叫我死，说不定我还真的干出傻事来。

10

没想到，我还真干出了傻事。

当然，不是燕子叫我死，更不是我要找死，而是做了一件比死还那个的事。

事情就发生在这个地方。是的，有些地方，你去了一次，就不想再去了。譬如，医院那个看痔疮的科室。而有些地方，你去了一次，就忍不住，想方设法要再去一次。譬如，燕子的房间。

心心念念间，突然就降温了。鹤川的天气就是这样，热就热得像热锅，冷就冷得直哆嗦。特别是秋天，一年的四个季节，这个基本是可以忽略的。所谓一日入冬，直接冰冻。那天夜里，燕子在电话里说，晚上会不会下雪啊？我缩在被窝里说，也许吧。燕子说，我不要也许。我说，那晚上肯定会下雪。燕子说，嗯，如果晚上下雪的话，我就满足你一个愿望。我说，真的？燕子说，必须的。

让我没有想到的是，那天晚上真的下雪了。是燕子先喊出来的，聊天中，燕子忽然哇了一声，说，下雪了。然后，又哇了一声，说，真的下雪了。

我伸出脖子认真看了看窗外，昏黑中有白点浮现，真是雪花飘舞的样子。我说，你不是说，下雪就满足我一个愿望吗？燕子说，你说吧。我想了想，说，我要陪你看雪。燕子说，你现在不就陪着我吗？我说，我要陪在你身边。身是身体的身，不是声音的声。燕子说，你想什么呢。我说，我想你，你不想吗？燕子说，嗯，那你过来吧。我说，真的？燕子说，嗯，路上冻死可别怨我。

火烧草料场，雪夜上梁山。雪夜里行走，确实需要一把火，而我此刻心里就有一把火。风吹在我脸上，刀割一样；雪打在我脸上，刀戳一般。但火在烧，不怕刀。不过，不怕刀，并不代表不会摔跤。在路上，我就摔了一个大跤。爬了起来，感觉没啥事，抖了抖手，继续赶路。

还是燕子到门口把我接上楼去的。看着燕子身子缩在睡衣里面的样子，我真的很想抱一抱，不过怕吵着她奶奶，只能乖乖地跟在她身后。

进了房间，燕子嗖的一下就钻进了被窝。站在床前，我忽然感觉大腿侧一阵酸疼，就是上次被电瓶车撞伤的那个部位，难道是这次摔跤导致我旧伤复发了？

我龇了一下牙，大腿就硬住了。燕子看了我一眼，说，怎么了？我说，没事。燕子说，上来吧。我愣了下，说，上哪？燕子说，上床啊，你想一直站在那儿吗？

既然如此，那我就不客气了，先脱掉外衣，再脱掉长裤，但就在这时候，我发现有点不对，我白色的棉毛裤，在右腿膝盖那个地方，竟然见红了。

一大片，有点吓人。燕子也喊了起来，说，你那里怎么了？我说，没事没事。一边说一边想把棉毛裤挽上来看看，显然是不行的。燕子说，脱了吧。我咬咬牙，把棉毛裤脱下来，一阵刺痛从膝盖处冒了出来，就看到膝盖上秃噜了一大块皮。

燕子说，这是怎么回事？我说，刚才路上没注意，摔了一跤。燕子说，要不要去医院？我说，不用不用，干了就好了。燕子说，那怎么行呢。她起身从衣柜里找出一个护理包，给我消毒包扎了一下。我顿时感觉，受伤也是一种享受，只要受伤了，就能提早享受到温柔乡的待遇。

睡吧，晚上可要老实点哦。处理停当，燕子对我笑了一下，钻进被窝，侧身背对着我，就呼呼睡去了。

而对我来说，却是难眠的一夜。不是伤口的疼痛，而是一想歪了，就能感觉到那伤口的疼痛。只能直直地躺在那儿，不敢乱动，不仅仅是腿，还有手，两只手都有种无处安放的感觉，也不知什么时候，我才昏昏睡去。

而等我醒过来时，发现燕子已经醒了。四目相对的瞬间，燕子的脸红了起来。我的脸估计更红，因为燕子笑了起来，说，昨晚有没有想我？我说，想啊。然后就感觉膝盖伤口处被轻轻捅了一下，我"啊"的一声惨叫，燕子说，叫你不老实。

看了看手机，燕子说，我要去上班了。穿衣、洗漱完毕，燕子说，你先躺着休息一下，我先走了。我说，你什么时候回来啊？燕子说，你还想赖在这里啊，我奶奶今天要从姑妈家回来，记得从后门出去，别忘了把门反锁带上。

临走时，燕子还是亲了我一下，是亲在我嘴唇上的，蜻蜓点水式的。我却感觉那是重重的一击。

11

那几天，我最关心的，就是腿上的伤何时恢复。

从燕子家忍痛偷偷溜回来，我请了假，躺在出租屋里休息了一天，感觉已不再痛了。不过，膝盖处的伤口，宜静不宜动，你不动它是好好的，你一动它就痛给你看。这样的情况，踮着上班也是没办法的事，但也不敢想入非非，想着去燕子那儿了。

恰好，燕子说要去杭州业务培训一周，这也就彻底断了我的念想。当然，听到杭州时，我还是挺紧张的。毕竟，燕子的初恋情人就在杭州。虽说我跟对方的名字只有一字之差，但初恋这两个字的杀伤力，就像是埋在我心中的核弹头，是我不想看到的。

我也想着给燕子打预防针，又怕哪壶不开提哪壶，反倒给她提了醒，左思右想，只能是各种问候，无非是天冷了要注意保暖，多吃点要注意营养，如此之类的老掉牙套话。也不管这样的套路能不能得人心，关键是能提醒她，我一直都在。哪怕燕子跟我说，培训期间接电话不方便，我也尽量掐时间等她大概方便的时候打个电话。

慢慢结疤，慢慢好转，终于到了行走基本无碍的程度，掐指一算，按照燕子之前跟我说的培训日程，周五早上培训结束，那明天中午吃完饭后就可以打道回府了。一路动车，动车站下来，有快客直达，到鹤川车站最快大概得在下午四点之后。

是的，我要去车站接燕子，给燕子一个惊喜。当然，也可能是惊吓。但无论是惊喜还是惊吓，我都迫不及待了。

四点还没到，我就埋伏在车站了。说埋伏似乎是不确切的，毕竟燕子不是敌人反派角色。说埋伏似乎也是确切的，我没有跟燕子说起，就是搞突袭。

而为了最大程度给燕子惊喜而不是惊吓，我还是认真仔细地筹划了一番，从下午以什么为理由从办公室里出来，到以什么为理由出没车站，都斟酌到觉得没有半点不当。

四点一到，我的心情就开始紧张起来了。看到有快客过来，埋伏在角落里的我就连忙蹿出来，守在车门口，看着一个个乘客从我眼前走过。也有些车辆，中间也是有门的，有些乘客会从中间的门下车，那我就要左顾右盼了。为避免挡道，要跟车辆保持一定的距离，找到合适的位置，还要根据现场情况随时移动，然后化眼神为子弹，随时寻找目标。

其间，还遇到了好几个熟人。为了避免被识破暴露身份，我还采取了运动式站位、扭头式面对。总而言之，这项行动看似简单，实则惊人。耗能是惊人的，耗神是惊人的，耗材也是惊人的。

天色已经完全黑下来了，冷冷的灯光下，一辆辆客车停在那里，也就更显得冷冷清清了。我也不知道到底看了几辆车，看了看手机，差不多就要七点了。我实在熬不住了，也不管给燕子的惊喜程度，拨出了燕子的号码。

电话居然关机了。是不是燕子的手机在车上没电了？我只能再等等，否则以前都白等了。但残酷的现实是，等着等着，不仅以前白等，以后也白等了。

直到十点钟，那是动车站快客最后一班到达车站的时间，还是没看到燕子的身影，全白等了，我只能拖着疲惫不堪的双腿回了出租屋。

兴许燕子是坐出租车回来了。我这么想着，坐在床沿把裤子脱下，发现膝盖处棉毛裤又见红了。毫无疑问，我膝盖的伤口又裂开了，我这些天的伤也白养了。

那天晚上，燕子的电话一直没通。直到第二天早上，我才拨通了燕子的电话。燕子说，她已经在车上，估计中午到家。燕子还告诉我，昨天有点私事，就在杭州多住了一夜。我问什么事。燕子说，都说私事了，当然不能告诉你了。

这一次我没有去接。不是不想去，而是确实走不了路了。

而想到燕子在杭州多住的一夜，就难免会有一阵刺痛，从膝盖传来。就算后来膝盖完全好了，那感觉也依旧清晰。

12

有些事是不能多想的。

也许可以这么说，这世上本来没有什么事，想得多了，就有事了。譬如，燕子在杭州多住了一夜，我想着想着，就真的出事了。

是燕子的妈妈出事了。当然，燕子的妈妈出事，就是燕子出事。燕子出事，我能没事吗？

燕子说，我妈得了急病。听燕子带着哭腔的语气，我知道她很紧张，很害怕。我说，具体情况怎么样？燕子说，不知道，现在还在抢救中。

燕子的妈妈远在意大利，现在就是急也没有用。我想燕子之所以打电话告诉我，只是想我能安慰安慰她。于是，我跟燕子说，意大利医疗水平在全球都是排得上号的，让她放心。然后我又问她，你现在在哪里？燕子说，她正在去她大姨家的路上。

我知道，燕子的大姨，就是丁琳的妈妈。丁琳的妈妈能在县前街开服装店，自然也是个能拿主意的人。

那两天，燕子就跟丁琳住在一起，我也没好意思太多打扰。终于燕子告诉我，她妈妈已经脱离危险了，说是中风了，她得去看看。

鹤川是一个侨乡，一百多年前，就有人出国谋生了。特别是20世纪80—90年代，亲戚朋友间互帮互带，在一波又一波出国热下，基本每家每户都能跟华侨攀上点关系。特别是在意大利，据统计，鹤川出去的华侨，就有四五万人。据说，那里还有鹤川一条街，买卖东西打招呼之类的，都可以用鹤川方言进行交流。

所以，当燕子说要出去看看的时候，我也没怎么在意。在我们的习惯性思维中，从鹤川去意大利，不像是漂洋万里的远行，更像是从一个家到另一个家的串门。

甚至我还在想，要不要请个假跟燕子一起去，关键时刻陪在她的身旁，把好感值飙到爆表。当然，这仅仅是想想而已，单位里的人出国，要审批请假，还得花一大笔路费，不是想去就能去的。

临去之前的那个晚上，我还是感觉有点不安，膝盖处动起来还有些疼痛，努力想了想，让我不安的，应该还是燕子此去，如果不回来了怎么办。虽然燕子有跟我说起，她请了二十天的探亲假，最多二十天后就回来，但在鹤川这里，出去就不回的事例，还是有听说的。虽然，基本不是发生在单位内的。

给燕子打去电话，我说，东西都准备好了吗？燕子说，早就准备好了。我说，哦，那你出去后能不能帮我带样东西回来？燕子说，你要带什么啊？我说，带个人回来呗。燕子说，什么人，我可不是人贩子啊。我说，放心，不用你做人贩子，把你自己带回来就可以了。燕子笑了起来，说，你是不是担心我不回来啊？我说，是啊，有一点。燕子说，一点是多少？我说，不知道，但至少比旺仔小馒头要大吧。燕子说，不正经，不跟你说了。

当然，燕子只是假装生气。而对于我的担心，燕子表示，如果我不放心的话，她可以过来陪我一夜。说实在的，听到燕子说出这句话的时候，我感觉心差点就蹦了出来。我说，你说真的？燕子说，我什么时候骗过你了。我顿时警觉了起来，说，就陪一夜吗？燕子说，是啊，这样你就可以心满意足了，也不用担心我回不回来了。我说，我有这么猥琐吗？燕子说，你们男人不都这么想的吗？我说，没有没有，我真的没有啊。燕子说，那你到底想怎么样？我说，我想等你回来，不管你出去多久。

确实，这是我发自内心的想法，我想都没想，就说了出来。燕子嗯了一声，没有说其他的话，但我能感觉到，燕子对我的话也是有感觉的。

明早燕子就要启程了，本来我也想送一送燕子的。哪怕膝盖动起来还会疼痛，即使伤口再次开裂也无所谓了。不过，被燕子拒绝了，拒绝的理由很简单：

你一送别，就好像我不回来了。

第 三 章

1

没想到，我的人生会有一场异国恋。

我想，那应该是异地恋的升级版。异地恋不容易，异国恋就更不容易了。不过在侨乡鹤川，异国恋却很正常，甚至可以说比异地恋还要正常。是的，在这里，荷兰之恋不稀奇，河南之恋少听见，罗马爱情大街走，罗湖爱情难得闻，哪怕找个苏里南的，也比异地男要现实……

这场异国恋应该从何说起呢？以时空节点划分，一种就是以燕子到达意大利的那一刻开始，还有一种是以燕子探亲假到期没回来那天算起。但如果一定要咬文嚼字的话，这两种划分方法都不是很科学。

关键问题就在于异国恋的"恋"字。如果是两个相互深爱的恋人，这"恋"字是绝对没问题的，但如果是单恋一枝花呢？而我跟燕子的关系，却又像是游走于两者之间的模糊地带，很难去明确，去概括，乃至精准到一个"恋"字上。或许，定义为异国模糊恋，简称"异国恋"，才是最适合的。

记得燕子刚到意大利时，就给我发了个信息，说已安全抵达，让我放心。当然我还是有点不放心，算了算时差，在凌晨三点的时候给燕子打了一个电话，恰好是意大利时间晚上八点左右，估计是燕子已经吃完晚饭正好休息的时候，但燕子接起来只简单说了句，现在有事，等下回你。然后就挂了。

早上七点左右，燕子才给我回了电话，告诉我，情况比她预想的要好，她妈妈已经出院了，不过走路干活还是有困难，需要有人照顾。我说，那就好那就好，人哪，身体最重要，你也好好休息吧。意大利那边差不多是凌晨时分了，对于时差都还没倒过来的燕子，我真不敢跟她多聊。当然，我也是一夜没睡好，困得不行，眼皮上下打架，睁不开来又合不拢。

之后的一段时间里，基本是燕子联系我的。那段时间里，燕子说要处理很多事，我也不方便打扰她，更何况还有时差的问题，所以让燕子选择时间节点。当然，也不是直接打手机，国际长途哪，时间就是金钱，确实耗不起。还好，那时微信已有了语音通话的功能。我也建议用视频聊天，但被燕子以太卡的理由给拒绝了。不过，偶然露个脸，满足一下我的窥脸欲，燕子还是会赏脸的。

我也了解到，燕子的爸妈在意大利的普拉托，一个不知名的小城市，但在鹤川，这个城市名气却不亚于罗马、米兰、佛罗伦萨，不少鹤川人出去就是在那里谋生。燕子的爸妈出去差不多十年了，爸爸在一家服装厂打工做衣服，妈妈原来也是在餐馆打工的，去年自己开了一家中餐馆，弟弟则还在读书。燕子说，她妈妈以前跟她说过，本来想再努力几年，赚个百来万就回来养老，没想到突然就生病了。

而当我了解到这一切时，就隐隐感觉到，燕子可能不会像她事先说的那样，探亲假后便能回来，总觉得她家现在面临的问题，必须有她在那里才能解决。譬如说，她妈妈病了，餐馆谁来管？她爸爸如果能管，为啥还要在别人服装厂里打工呢？我不敢问太多，我只是在燕子探亲假快结束的时候，问了下燕子什么时候回来。燕子沉默了，过了好久才说道，我可能一时半会儿回不来了。

这话一出，我也沉默了。我担心的事情终究还是要发生了，过了好久才缓过神来，我说，那你在这里的工作呢？燕子说，看看能不能办停薪留职吧，实在不行的话，只能辞掉了。我又想了想，鼓足勇气，说，那我呢？

你啊，让我想想吧。燕子忽然笑了起来，然后说道，这样吧，如果你愿意等的话，就等我三天吧。我说，为啥是三天？燕子说，三天以后，你就可以知道，我会不会回来了。我说，好，如果你回来，我就等你三天。如果你不回来，我就等你三年。

燕子又沉默了，没有回话，一直没有回话，仔细一听，竟像是睡着了。

2

有人说，等待是最长情的告白。我就想问有人，长情是什么？如果以时间计量，三天算不算长？当然，对于只有一天寿命的蜉蝣来说，三天就是三生三世，而对于快三十的我来说，三天就是确定了燕子暂时不回来了。

我说过，要等燕子三年的。对于这个期限，燕子后来表示可以接受。燕子说，只要你不说一辈子，那就表示还是有诚意的。燕子还说，既然我有诚意，那她也拿出一部分诚意来。我说，一部分是多少？燕子说，三分之一吧。我说，什么意思？燕子说，你等我三年，那我等你三个月吧。我说，三年的三分之一应该是一年吧，你这折扣也打得太大了。燕子说，我现在是做生意的，不赚折扣怎么赚钱啊，你不愿意的话，那就一拍两散吧。

我愿意。我只能说我愿意。当然，这是玩笑性质的，后来，我们还是相对严肃地讨论了一番，约定了以一年为期。

好吧，既然双方都有意愿了，是不是就可以确定，我的异国恋，不用简称，可以堂堂正正了。

而当我跟燕子聊起异国恋这个话题时，燕子说，异国恋可以，不过有四个基本原则还是要坚持的。我说，还有四个啊？燕子说，对啊。一是不能对外公开，只能我们两人知道；二是对内要公平，可以允许你想我，也可以禁止你想我；三是对你要公正，违反了公约，马上、立刻就地正法；四是对我要公道，哪怕我违反了公约，也不能对我说三道四。

我本来想说，你这不是原则，是不平等条约啊，但想想，说了也是白说，又何必自取其辱呢。于是我表示，这原则非常公开、公平、公正、公道，一定严格遵守，坚决执行。

是啊，对于这来之不易的异国恋，我得好好珍惜。为了挤出异国恋的时间，我甚至戒掉了晚睡的习惯，如果不是有特别的事情，晚上十点多就准备上床睡觉了，以确保自己能在十一点之前入睡。当然，这也是为了确保在大早上五六点，甚至更早时候接到燕子传唤时，能够打起精神，尽好一个异国恋人的职责。此外，也是为了确保能够准时上班，确保上班时能够正常开展工作。

一开始，这确保还是比较艰难的。改闹钟容易，改生物钟太难。确实可以借助闹钟，但很快就发现，这属于治标不治本，有时还会被闹得心神不宁，严重影响了我要确保的确保。也尝试了不少方法，实践发现，有两种方式还是确实有效的。

　　一种是睡前细读经典名著。这种方式早年上学时我体验过，为了召唤这种被我早已遗弃多年的技能，我还特意联系了丁琳，说想重读经典，有什么可以推荐的。丁琳给我介绍了一大串，我表示马上去新华书店买来阅读。丁琳说，你想读什么，我借你吧。然后我从那一大串里说了几本能记住的，第二天我就在县前街丁琳她妈妈的服装店里拿到了那几本书。根据睡前体验，效果最好的，一本是《百年孤独》，一本是《红楼梦》，只要读了几页后，哈欠就挡不住了。给个小贴士：必须是细读，一字一句不落地读，并主动跳过一些不可描述的文字段落。

　　还有一种是在睡前写一些可以描述的诗。这个发现是偶然的。那天夜里，吃完出租屋里的最后一包方便面，我忽然如饥似渴地想写一首诗，去描述一包方便面对我肠胃的热情关心，歌颂它为了人类不顾自我的牺牲精神。没想到几句之后，就感觉有一种类似于倦意的迷糊在脑子里弥漫开来，我不自觉放下手机，然后倒头呼呼睡去。而经过重复试验，发现试验是可以重复的。小贴士：语言上要避开爱欲流，以免情绪泛滥不可控制。

　　当然，任何一种方式也难免是有意外的。但一套组合方式下来，我就从来没遇到过意外了。

改变睡眠习惯，其实只是开始。面对异国恋，要改变的有很多，包括身体上的，还有精神上的。而最大的改变，对于我来说，则是对相亲态度的改变。当然，这是后话。

是的，改变意味着付出。所以，异国恋也意味着付出。我也是后来才知道的，异国恋里没有免费的午餐，哪怕是早餐，也是要付费的，更别说是晚餐。

<h1 style="text-align:center">3</h1>

不得不说，异国恋是饱含辛酸的，要努力付出的，但其中也有许多美好可以诉说，甚至还有妙不可言的体验。

如果你爱一个人，就和她异国恋，因为，那里是天堂；如果你恨一个人，也和她异国恋，因为，那里是地狱。以上这句话，不是来自纽约的北京人说的，而是来自意大利普拉托的鹤川人说的。

是的，那句话是燕子对我说的。燕子说这句话的目的，也是为了提醒我不要沉迷于异国恋。燕子还跟我说，异国恋跟一般的恋爱不一样，得有包容性，除了异国恋时间以外，平时该吃的吃，该喝的喝，该忙的忙，该玩的玩，该恋爱的就恋爱，该相亲的就相亲。

燕子这话我不太苟同，我说，异国恋也是恋爱的一种，那就应该像恋爱一样，必须是专一的、排他的。燕子说，好吧，那你就排吧，看你能排多久。

我能排多久呢？我确实也知道，两人身处不同的国家，就是再找一个他或她，对方也是无可奈何、鞭长莫及啊。我之所以认为要排他，只是觉得我付出那么多，就应该得到我想得到的。

我想得到山，站在上面就能达到人生巅峰；我想得到水，躺在那儿就能环游世界；我想得到梦，一闭眼就能梦想成真。但那时最想得到的，是我能够成为燕子的唯一。当然，想得到的终究只是想得到的，能得到的才是能得到的。

但不管怎么说，事实上，付出还是有收获的。在我与燕子的这场异国恋中，最开始让我感觉到特别的获得，就是语言上的获得，不仅仅是语言带来的情绪、想象，还有语言带来的趣味、快乐。

燕子说过，要在最短的时间内学会意大利语。于是，或许是，也确实是为了加强意大利语学习，意大利语也就进入了我们的对话交流之中。记得燕子跟我说过，意大利语还是蛮有意思的，有些还能跟中文联系起来，譬如干杯，意大利语叫"亲亲"。我能想象干杯与亲亲的联系，不由得问，那亲亲的意大利语怎么说？燕子说，霸气（中文音）。我说，我能霸气一下吗？燕子说，那你就霸气呗。我说，那我能霸气你一下吗？燕子说，你霸气得着吗？

我说，我就霸气了，你怎么着？燕子说，四兔比肚（中文音）。我说，什么意思？燕子说，不告诉你。

后来我才知道，四兔比肚，就是笨蛋的意思。四只兔子比肚子，也确实是够笨蛋的，比腰细不好吗，比腿长不行吗，比肤白不香吗？看来，学点意大利语也是需要的，于是我问燕子，意大利语我想你怎么说？

"米忙壳（ki）。"燕子说。哦，原来意大利语我想你是这样的。只觉得心头一震，恍惚被什么东西狠狠撞了一下。确实，我想燕子了。是那种只闻其声不见其人的想，也是那种异国恋的想。沉默了一阵子，我说，米忙壳（ki）。

久久没有回应，我知道，燕子又睡着了。不用说我也知道，这段时间以来，燕子很忙，很累，很容易说着说着就睡着了。是的，接管了她妈妈餐馆的生意，还要照顾她妈妈的身体，难以想象，她是怎么做到的，或者说，那个在国内看似柔弱需要被呵护的小身板是怎么切换到国外女强人身上去的。虽然燕子很少跟我提起生意上的事，但我知道，不愿意去提起，原因大多是那事情太重了。

我也确实帮不上什么忙，只能打着异国恋的旗号，在物质上直接忽略，在感情上予以支持。譬如，燕子学意大利语，我就跟着学意大利语。不求发音准确，只求感情到位。至于碰到燕子偶尔出去游玩的时候，我也会立马化身游客，满足燕子充当导游讲解异国风土人情的精神需求。

　　跟老一辈出国只会埋头苦干不一样，燕子会给自己放假，到了周末，燕子都会抽半天或一天时间出去走走。开始的时候，燕子还没有买车，走的范围比较小，大多是在普拉托周边转悠。燕子跟我说过，普拉托这个地方啊，随处可见中文，到处都有中国人，还有不少是讲我们这边方言的，有时候感觉就像是出了个假国，好似自己还在国内一样。燕子还说，在那里，她还碰到了小学的同桌同学。我说，是男的还是女的？燕子说，当然是男的了。

　　只能说我心眼小，此事还真让我纠结了好一阵子。不过，更让我纠结的，不是同胞，而是意大利帅哥。在我还在读大学时就知道，意大利帅哥可是风靡世界足坛、迷倒全球万千少女的存在。这种存在，对我而言，是不合理的。

　　是这样的，起先，燕子很喜欢一个人去公园走走坐坐，看到美好的事物，也会跟我视频分享一下。但就在那一次分享中，我看到一个意大利帅哥走了过来，虽说走出了画面，但还是能听到意大利帅哥跟燕子的对话。事后燕子解释说，她只是跟意大利帅哥学习学习意大利语，让我也跟着学一点。当然，我表示会好好学习。不过也压着不满强烈要求，以后燕子无论去哪里游玩，都要带着我，至少，要给我视频一下。

刚跟意大利帅哥聊完天心情愉快的燕子答应了我的要求，这让我的心情也跟着愉快起来。事后证明，我这个要求是有先见之明的，因为，随着燕子游玩的范围愈来愈大，我的目光所及也愈来愈大。就是躺在床上，跟着燕子的镜头，我也能领略意大利的美好风光。躺游，就是这么简单。

关键是，我还能看到燕子，看到燕子身边，有没有帅哥出没。

4

人的一生，难免会遇到各种麻烦。

譬如，走路踩到狗屎了，吃菜挑到虫子了，翘班碰见领导了……这些麻烦，都是一时的，过去了也就过去了。

但有些麻烦，譬如，燕子偶遇帅哥了，虽说也是一时的，但此一时彼一时，一时就很难过去了。

而就在那很难过去的时候，我又遇到了新的麻烦。记得是在平安夜的时候，燕子跟我说，她想她奶奶了，很想回来看看。我知道，普拉托的平安夜就相当于鹤川的大年夜，燕子一家人团聚吃饭的时候，自然就会想起留在老家的奶奶。爷爷已经过世了，奶奶就更加孤单了。于是，我跟燕子说，要不我帮你去看看吧？燕子说，那谢谢你啊。我说，谢什么啊，你的奶奶不就是我的奶奶嘛。燕子说，好吧，暂时允许你这么说吧。我说，永久行不行？燕子说，好了，别想太多了。我说，那你，有没有想我？燕子说，嗯，米忙壳（ki）。

不得不说，去看看燕子的奶奶，说起来容易，做起来还是比较麻烦的。听燕子说，奶奶前段时间被她小叔接去住了一阵子，最近又回来了。至于为啥要回来，我没有细问，都说清官难断家务事，家事还是少问的好，虽然我总喜欢一厢情愿地往燕子家事里凑。

我想着提点什么礼物，空着手过去总是不好的。身份嘛，还是实话实说吧，说是燕子的朋友，受燕子委托过去看看她老人家。遇到了怎么说，说什么话好呢，那也只能等遇到了再说了。

我心情忐忑着，去超市买了两盒老人吃的蛋白粉，找了个周末的下午时间，招了辆三轮车就过去了。

让我没有想到的是，燕子奶奶会是这样一个老人家。我见到她的时候，她就坐在门口小竹椅上晒太阳，她头发花白，个子小巧，眯着眼睛，跟我想象中的奶奶基本是差不多的样子。

其实，与其说燕子奶奶是在晒太阳，还不如说燕子奶奶在看太阳。燕子家的落地房是那种一间间连成一排的，按鹤川的方言，那样一排就叫一退，燕子家就是最后一退靠边的一间。阳光正好斜过来一溜，以燕子奶奶的视角大概可以看到太阳的半张脸，而阳光也恰好晒着燕子奶奶的半张脸。

　　我不清楚她有没有看到我，就对着那张一半阳光一半阴影的脸大声说道，奶奶，这是燕子家吗？奶奶眼睛稍微眯开一点，说，哦，你是谁啊？我说，我叫马向远，是燕子的朋友。奶奶说，马什么远啊？我说，马向远，方向的向。奶奶说，麻将啥，你这名字还带麻将啊，以前我眼神好的时候啊，也喜欢打麻将呢。

　　好吧，我知道燕子奶奶有点耳背，很难跟她解释我的名字跟麻将的区别，只能把礼品放下，俯下身子跟她说，我是燕子的朋友，是燕子让我来看你的。

　　燕子奶奶终于听明白我的意思后，就很热情地拉我进屋，让我坐在沙发上，自己去厨房忙活开来。不一会儿，就端来一碗热气腾腾的食物，带着勺子，放在我跟前的茶几上，让我赶紧趁热吃。

　　我一看，碗里是两个水煮荷包蛋。顿时就想起外婆给我做点心的样子，便感觉眼角有点酸了，顾不得客气，端起碗就呼呼起来了。

　　果然，鸡蛋又甜又好吃，我吃得干干净净，一点一滴都没有剩下。最后，我舔了舔勺子，把碗往茶几上一放，等燕子奶奶收拾停当回来，才进行了一次满嘴甜味的会谈。

　　当然，会谈除了嘴甜以外，成果也是喜人的。燕子奶奶说我这人善良，是好人。善良，是老人家对一个人，特别是年轻人的最高评价，几乎没有之一。至于好人，也不是爱恋追逐中女人发放的好人卡、拒绝的代名词，而是实打实的肯定、认可，是这人可以处的邀请函。说明一下，这里的处不是处对象的处，而是，下次过来做客也很欢迎的意思。

在我起身告辞准备回去的时候，燕子奶奶又往我手里塞了一盒冬虫夏草，说这个她吃不了，年轻人也可以吃。她塞东西的热情样子，又让我想起我的外婆，让我无法拒绝。

不过，燕子奶奶还是没有搞明白我的名字，当她又问我叫麻将啥时，我干脆地跟她说，我就叫麻将。以至于燕子后来问我，奶奶那个麻将朋友是谁时，我只能跟她说，我就是麻将，意大利语叫麻囧。

5

给老人家送礼，或许是麻烦的，但比起给领导送礼，那其实算不上什么麻烦。

燕子说，外国人的圣诞节，相当于我们的春节。但从麻烦程度来说，这"相当于"是有很大水分的。保守估计一下，如果把普拉托的水都蒸发了化作了云下成了雨，跟这水分比，大概就是毛毛雨，不可"同日而雨"。

年前，大概还有半个月的时候，留德夏就跟我说，过年的时候，应该去领导家里走一走。

以前，留德夏没结婚的时候，每到年前，刚发了年终奖，就会向我借钱。一开始，我还纳闷，留德夏单位福利待遇比我好，怎么还向我借钱呢？而留德夏给我的解释就是，年终了，要到领导家走一走。我说，那也不用花这么多吧？留德夏说，你不知道，委办的领导多，平时人家照顾着你、关心着你，你也总得意思意思吧。

留德夏是不是这个原因花钱多，其实我也不能确认。不过自从留德夏结婚后，就再也没有向我借过钱了。毕竟，留德夏老婆的家境听说还是不错的。

至于我，虽然也知道要跟领导多多亲近的道理，特别是年终了，给领导拜个年那也是应该的。不过，之前我都是躺平姿态，对领导也有点敬而远之，更别说上门走动了。但自从被提拔为副科长后，我的心态还是发生了变化，特别是在留德夏一次提醒后，也确实觉得，应该要表示表示。

本着感恩的心态，我咬了咬牙，向大头借了两千元。自从合伙在上海买了房后，手头确实是紧巴得很。大头单位福利比我要好上一些，正如我所料，支持一点还是没有问题的。

我首先来到黄副局长的家里。晚上八点左右，我提着两瓶酒一条烟，一千元出头的样子，侧面了解到地址门牌，就摸到了黄副局长家楼下附近，在角落处发了个信息，问黄副局长有没有在家，是否方便，黄副局长回说，在的。我长吁了一口气，又在黑暗中徘徊了好一阵子，终于鼓足勇气走上楼去敲了门。

是黄副局长的夫人把我迎进门的。我把烟酒往门侧一放，抬眼一看，发现黄副局长竟还坐在大厅餐桌前，看到我进来，显然很高兴，站起来说道，小马，来来来，过来喝一杯。

我也不好意思太客气，只能坐下来陪着喝点。聊起来才知道，黄副局长过完年后，差不多三月份就要退居二线了，不由感慨时间过得真快。黄副局长在事业上勉励了我一番，又谈到了我的个人问题。

个人问题大约的确是未婚男女的终极问题，只要跟长者一起，最终的话题基本都会落在这问题上，就像苹果砸到牛顿头上，单身写在我的脸上。黄副局长说，有没有女朋友？我想了想，怕扯到异国恋上去，就说，还没有呢。黄副局长说，那要抓紧了。我说，那是那是。黄副局长说，好女怕磨，看中了，脸皮就要厚一点，不要不好意思，使劲磨，把人家磨晕了，也就成了。我说，黄局经验丰富，我一定好好学习。

这时，一旁的黄副局长夫人接过话尾，说，学习他呀，那你就完了。又说道，唉，以前某人帮人家磨豆腐，结果把手腕都给整脱臼了，还是我给接回去的。听着黄副局长无力的解释，我才知道黄副局长夫人还是骨科医生。接着黄副局长夫人表示，她们医院里还有不少单身未婚的护士，可以给我介绍介绍。一时不知道怎么拒绝，我只能说，哦哦哦。

就在我起身告辞回去时，黄副局长夫人又往我手里塞了两袋水产海鲜干货，我说不用不用，一个人没开火呢。黄副局长夫人说，那就过年带回家给长辈吧。

接下来就是去朱局长家走一走了。朱局长是去年刚从文明办主任的位置上过来的，跟黄副局长比，肯定是生分多了。如果说去黄副局长家更多的是忐忑，那去朱局长家就是紧张了。想着故技重演，还想着回来时一定要跑得快，不能再拿东西回来了。

但让我没有想到的是，当我摸到朱局长家楼下附近，硬着头皮给朱局长发去信息时，等了十来分钟都没有得到回应。我咬咬牙给朱局长打了个电话，朱局长说在外面有事。我问什么时候回来，他说，现在还不知道。我说，那您夫人在家吗？说完就觉得有点不妥，朱局长说，她回娘家了。

第二天晚上，我提早发了个信息给朱局长，问他什么时候在家。朱局长应该是明白了我的意思，给我发了个信息，是预祝我新年快乐的内容。我大概知道朱局长的意思，祝福式拒绝，也算是领了心意了。那这份烟酒，就当是回老家给老爸买的礼物吧。

好，那就像对待领导一样对待父母吧。时刻做到太难，偶尔做到应该还是可以的。这不，碰巧领导不在，可以借礼献父母。

6

不得不说，这是我历年回老家提回礼物最多的一次。

回老家过年，从县城出发，得坐上半个多小时的客车，到镇里下来，再叫辆电动三轮车回村。大多时候，我都是空手而归的。如果一定要提上点什么，我一定会说，自己家提什么提。当然，有时也会提点脏衣服、脏被单回去，过年的时候，也会提点礼物，譬如，单位发的一箱苹果、梨、橘子等。不过，那也是以前，现在单位都不发这些了。

当我提了那么一大堆礼物回到家时，我妈当即傻眼了。过了老久，才回过神来，说，你是不是回错家了？我说，妈，你怎么了？我妈说，看你提这么多东西回来，我还以为你是回丈母娘家啊。我说，你儿子媳妇都没有，哪有丈母娘啊。我妈说，那你找一个不就有了。我说，好好好，我知道了。

说实在的，近年来我已经愈来愈不喜欢回老家了。而最主要的原因就是，家里对我的个人问题是愈来愈关注了，甚至达到了三句不离个人问题的地步。有时候是单打，有时候干脆就是双杀。

果然，在锅灶前忙着炸豆腐泡的老爸也发话了。老爸说，别光顾着嘴巴说好，年过了就三十岁了，真要行动起来了。

老爸是个心大的男人，做了一辈子的农民，吃的苦耐的劳不少，却很少有灰心抱怨的时候，哪怕稻田面临干涸，只要在最后一洼田里还有一条活蹦乱跳的鲤鱼，拎回来红烧了，外加几两烧酒，他的笑声就会像打哈欠一样，把左邻右舍统统传染了。不过这样一个老爸，对于我的个人问题，话风也开始改变了，变得严肃起来了。

我知道了。虽然我的语气里还习惯带着点不耐烦，但也确实能感觉到他们的良苦用心。快两个月没回老家了，油烟气氤氲中，突然发现老爸鬓边的白发也更多了。对于我们黄种人而言，白发是显老的标志。据说，人老了就特别喜欢孩子，特别是孩子的孩子。

我是农历年底二十九才回到老家的，这个时候，经历了二十四打尘、二十五做豆腐、二十六割年肉、二十七杀鸭鸡、二十八做馒糍……过年的气氛差不多烘托到位了，该准备的都差不多准备好了，我回来基本就是坐享其成了。如果不是爸妈各种明敲暗打，那该是多么其乐融融的和谐画面啊。

当然，我也有过想象，想象着带燕子回家的样子。不过，那画面实在是太美了，想想还真有点舍不得。回来的那天晚上，我做了一个梦，梦里燕子真的跟我回老家了，跟我想的不一样的是，在梦里燕子是忽然到来的。

一开始，我正从楼上下来，就听到老妈在锅灶窟洞前跟人聊天。我老家的厨房虽然也有煤气灶，但我爸妈还是有用农村老锅灶的习惯，特别年头节日的时候。听内容，说的是我的事情，我妈显得很开心，声音也特别大，说，我儿子的婚事若是成了，一定包个大红包。对方说，我不要大红包，只要你帮我做一件事就可以。我妈说，只要我做得到，不要说一件，一百件也可以。对方说，那能不能让你儿子，不要做梦了。

这句话吓着了我，我这是在做梦吗？然后，我就看到了燕子。跟我妈聊天的人居然就是燕子。我说，你什么时候过来的？燕子说，过年了，当然要回来了。我说，回来就好，回来就好。想想又觉得哪里不对，就说道，你在我家里，我怎么不知道啊？燕子笑了起来，说，那是因为你在做梦啊。

我顿时就醒了过来，看了看床头的手机，差不多早上七点了，翻了翻微信页面，有燕子给我通话的记录，急忙回了过去。

那边燕子的声音有点迷糊了，我说，你是不是已经睡着了？燕子说，没事，你说吧。我说，我刚才做了一个梦。燕子说，嗯。我说，我梦见你到我老家了。燕子说，嗯。我说，你知道你到我家来干什么吗？燕子说，嗯。

是的，燕子说嗯，就是在听的意思，于是我说，你啊，到我家给我介绍对象来了。燕子说，哦，介绍了谁啊？我说，要我说吗？燕子说，说说看呗，万一我认识，真的可以帮你介绍介绍。我说，这人你最熟悉了，就是你自己啊。燕子说，做梦去吧。

我说，好好好，不说这个了。燕子说，说真的，你家里是不是急了？我说，家里急也没用，有你呢，我不急啊。燕子说，你就不怕我祸害你吗？我说，祸害活千年，千年等一回，我就认定你了。燕子说，你别这样，该听父母的就听父母的，该相亲就去相亲，否则这年我会过得不安心的。我说，好好好，都听你的，咱俩啊，就一起安安心心过大年吧。

7

大年三十吃年夜饭的时候，我又想到了燕子。一颗心跳来跳去的，想安定下来，确实不那么容易。

大姐二姐都已经出嫁了，家里就我们三个。不过，人数虽少，菜样俱全。鱼啊，虾啊，肉啊，豆腐啊，年糕啊，干菜啊，青菜啊，还是满满的一大桌。

按村里的风俗，在吃年夜饭之前，先要做羹饭，就是把菜摆到桌子上，盛上饭，倒上酒，摆好碗筷，行祭拜礼，意思是请祖宗过来享用。以前小的时候，老爸还会让我跪在桌前拜几拜，不过好像读初中以后我就拒绝了，认为这样跪拜是迷信。老爸也没强求，就顺其自然了。只是现在我想拜一拜，求祖宗保佑我心想事成的时候，却又实在不好意思跪下去了。

羹饭完毕，把饭菜热好，一家人就开始吃年夜饭了。老爸照例要喝点酒，大过年的，我也倒上一杯陪一陪。为了避免话题又落在我个人问题上，我主动提起，过年期间不提我个人问题，大年过后一定加倍努力。当然，这是我能拖则拖的权宜之计，老爸老妈也暂时表示同意。是啊，不同意又能怎么样。

但不说这个话题，我们又能说什么呢？只能瞎扯了，三言两语就说到了国际形势。老爸有个朴素的世界观，他喜欢把世界各国的关系跟村里人家对照起来，当然不是说具体的人家，而是说国家跟人家是一样的，要好来好去，打起架来，对谁都不好。

说着说着，我就想到了燕子。我跟燕子的关系，也类似国际关系，自然就有了联想。

记得燕子说，她们在外面也过年，不过没有国内这样的排场，一般也就吃个年夜饭。我问那边年夜饭是怎么弄的，燕子说，不少华人也会去餐馆里吃，她的餐馆就接了好几单这样的生意。想到燕子在那边忙碌的样子，我不由得又多喝了一杯。

就当是替燕子喝一杯吧。我心里这么想着。又忽然想起，燕子应该不大喜欢这样吃吃喝喝的场面。我曾问燕子，过年想吃什么？燕子说，什么也不想吃。我说，那总有你想的吧。燕子说，帅哥，你有吗？我说，帅哥能吃吗？燕子说，就是不吃，看看也可以啊。我说，烟花易冷，帅哥易衰，就是冷淡也比衰弱好，建议你还是看烟花吧。燕子说，是吗，去哪里看，去你家看吗？我说，好啊，求之不得，寤寐思服。燕子说，你就酸吧。

那就给燕子看一场烟花吧。至少可以证明，我可盐可甜，就不是酸的。吃完年夜饭，我就去村里小卖铺买了两个烟花，那种看起来像是一箱，其实就是一个的。

等到凌晨五点左右，意大利时间还是夜里十点左右，亚平宁半岛夜空繁星点点开启，阿尔卑斯山白雪皑皑落幕，普拉托的那家中餐馆终于可以打烊了。此时，她站在窗边，地中海的风轻拂着她耳边的黑发，就在她准备关上窗户去休息的那一刻，烟花忽然绽放，那是隔着万里时空，我为她放飞的思念，思念有多璀璨，烟火就有多璀璨。

当然，想象总是美好的。只是有时候，想象有多美好，现实就有多残酷。除夕的晚上，天愈发冷了，隔着窗户听声音，就知道下起了雪子。心里有了准备，知道凌晨四五点是最冷的时候，看了下闹心的春晚，吃了点闹胃的"隔岁"，调好了闹钟，还准备好了不怕闹冷的厚棉衣，就缩进了一个人闹不暖的被窝，等待着那个美好时刻的到来。

闹钟终于响起，其实不用闹钟响起，鞭炮也已经响起了。村里有在大早上放开门炮的习俗，除夕晚上吃完"隔岁"后放几个鞭炮，那是关门炮，意味着一年结束关门大吉，而到了凌晨五六点，又起来放几个鞭炮，就是所谓的开门炮，意味着开门大吉。每家每户，一般都会放几炮，到了差不多的节点，自然就是噼里啪啦地一阵响。

从瑟瑟发抖中跳了起来，把自己包裹严实了，我就溜下楼准备放烟花去了。不过，当我打开楼下大门时，就彻底傻眼了，外面居然下着雨。不是很大，但也不小，关键是你想在外面放烟花就比较困难了。鞭炮你可以在屋檐下点着了再扔出去，但烟花不行，你得把它放在空旷处点燃了。

要不，等雨停了再放？不过看这雨的节奏，估计天亮了也不一定能停得了。要不找个帮手帮忙打伞，可帮手到哪里找呢？我爸或是我妈，跟他们说我要放烟花，而且是放给万里之外的某人看？

不由得脑壳子嗡嗡的，可能是冻的，也可能是被鞭炮声炸的，直到耳边一个声音响起：这么早起来干啥呢？

是老爸的声音，我该怎么回答呢？看到老爸手里拿着鞭炮的样子，感觉心里一炸，不由得说道：我想放烟花。

这么大的雨怎么放啊？老爸有点迟疑。我说，你帮我打伞就可以了。都说富贵险中求，难道浪漫就不能险中求吗？我已经想好了，就是要给燕子一个惊喜。

趁老爸去找雨伞的时候，我赶紧打了个电话给燕子，也不啰嗦，直接就跟她说，等下我给你看样东西，到时候视频接起来可不要挂了。看到老爸要出来了，我迅速挂了电话。我想此时的燕子肯定是一脸懵，不过要的就是这个效果。

父子合力，终于把烟花点燃了。看到点燃的火花，我立刻以最快速度冲回屋檐下，打开手机视频聊天，反转镜头，瞄着烟花升空的地方，对着燕子说，你看，那是什么？

什么都没有。确实是什么都没有，除了漆黑的夜空外。让我没有想到的是，那两个烟花居然都熄火了。顿时，心里哇凉了一大片，感觉浑身都湿透了。

而更让我没有想到的是，我又看到了烟花绽放。那不是我的烟花，但这已经不重要了，我连忙把镜头转了过去。

夜空中的烟花，瞬间绽放，瞬间消失，闪亮眼前，璀璨万里。想不到在这个村庄里，还潜伏着跟我一样浪漫的存在。江湖救急，虽说无心，但还是要道一声，谢谢。

今夜，我们都是浪漫人！

8

世事总是这么无常。

我答应过燕子，要请她看我家的烟花。虽说是远隔万里，虽说是阴错阳差，但毕竟还是做到了。回到房间后，我问燕子烟花怎样，燕子呵呵一笑，她嘴上没明说，不过心里荡漾出来的感觉，我还是能感觉到的。

临睡前，燕子跟我说了一句意大利语，"博嗯安诺"（中文音），中文就是新年快乐的意思。这句话是燕子前些日子教我的，但这时候听起来，却是最贴切的，比贴身内衣还要让人温暖，顿时感觉被窝里也温暖了不少，于是我也跟着说了一句，博嗯安诺。

正月来了是新年。正月初一，冷雨天，在家窝了一天。正月初二，天气放晴，两个姐姐也回来了，带着姐夫与外甥，整个家顿时热闹了起来。

不过，对于一个已然三十岁的母胎单身来说，家庭的热闹并非好事。或许可以这么说，热闹的家庭是由欢乐组成的，但总得有一个人的悲伤被当作欢乐的源泉。简而言之，热闹来自欢乐，欢乐来自悲伤。而那悲伤就是我，放不起来的烟火。

以前跟姐姐经常发生争抢，可谓火力全开不甘示弱，但这并不妨碍她们嫁人后忽然变身姨母，对我各种关心。当然，现在这关心都集中在我的个人问题上了。

大姐是全职家庭主妇，手头并没有合适的资源，不过她把压力给了大姐夫。大姐夫是隔壁镇小学食堂的厨师，貌似资源丰富，不过手头估计也难。对于大姐的压力，他表示等寒假过后马上落实，他说，他跟学校总务处主任关系不错，到时候让主任帮忙介绍介绍。大姐夫说，只要是我看上的，以后吃饭他包圆了。

二姐跟二姐夫是在暖州开小超市的，按他们的朋友圈，给我介绍对象应该也是有难度的。不过二姐也表示，她一直都有关注。二姐说，有正式工作的当然是最好的，不过最重要的还是人好。她就晓得，边上有一个女的是做生意开店的，就是嫁给一个有正式工作的男人，在杭州、上海都买了房子，现在生活安排得很好。

说实在的，大姐二姐这些话也不是第一次讲，前年正月二姐结婚，话题不在此，更早时候也多淡忘了，但去年正月就好像讲过类似的话，只是今年正月，讲得更加急迫，到了迫不及待要付诸行动的时候了。我知道大姐二姐的良苦用心，知道她们的勉为其难，她们也不想把欢乐建立在我的老大难之上。不过在个人问题上，从来就是众人欢乐一人悲。而这种悲也像是喜，只是心里苦，当事人说不出。再加上小外甥的童言无忌，那就是杀人诛心了。

大外甥毛毛已经上幼儿园大班了，他跟我说，舅舅，女生是不是都很烦啊？我说，怎么了？毛毛说，我们班里有两个女生都说要嫁给我，一个叫芷芸，一个叫芷涵，舅舅，你说选哪个好？我说，毛毛，你是我舅舅。毛毛说，你才是我舅舅。我说，好好好，你说谁就是谁吧。

还好，小外甥女豆丁还只是在牙牙学语的阶段，多少给了我一点面子。

　　当然，刺激远远不止于此。正月初三的早上，堂妹马如花带着她的男朋友过来串门，说是过来玩的，也有点让长辈过过眼的意思。不过在我看来，这就有点炫耀的意思了。

　　堂妹刚刚二十出头，就已经带对象回家了，这让三十岁还一个人回家过年的哥哥情何以堪。以前我还嘲笑过她的名字，没想到被嘲笑者这么快就成了嘲笑者。

　　堂妹的对象叫周星耀，是个挑染着黄毛的精神小伙，看到毛毛坐在我大腿上玩手机游戏，就问我，哥，你这孩子叫啥名字啊？我说，这是我姐的孩子，叫毛毛。周星耀说，那哥的孩子呢？我说，我还没有孩子。周星耀说，看来哥跟嫂子都是摩羯座的，事业心强啊。我说，我还没结婚呢。这时候，堂妹也接了一句，说，你想哪里去了，人家女朋友都还没有呢。说得周星耀拉着我的手，不停地道歉。

　　而更让我想不到的是，我的发小、小学同学马务实也带回了对象。马务实比我大一岁，一直在暖州鞋厂里做皮鞋，可以说是人如其名，很务实的一个人。不过这种务实风格，到了男女恋爱关系上，反而显得飘忽了。也正是这飘飘忽忽，到了三十岁都还没有交女朋友，至少去年正月时是没有的。没想到，一年之后，就时来运转了。

当马务实带着对象到我家找我玩时，我还有点不好确认。而当我确认了马务实身后的女人就是他的对象后，我还是感到非常高兴。一个比我还务实的男人都带对象回家了，那我还会远吗？

我是后来才了解到马务实与他对象的交往经过的。是这样的，马务实在跟他对象好之前，喜欢一个女人好多年了，不过那个女人对他若即若离、忽冷忽热，两人一直没有确定关系。到了三十岁的时候，马务实觉得自己必须要放手一搏了，就买了代表一心一意的十一朵玫瑰，准备向那个女人求婚。没想到，当他拿着鲜花去找那个女人时，却发现人家正跟一个男人搂搂抱抱腻歪在一起。

马务实悲痛欲绝，浑浑噩噩地就走进了路边的一家店，把那束鲜花送给了一个女店员。女人是安徽人，来自单亲家庭，家里老爸在她很小的时候就因意外过世了，遇到马务实时，也刚跟男朋友分了手。可能是缘分到了，一来二往，两人就走到了一起。

过程中的细节都是马务实告诉我的。之所以马务实会跟我说，除了马务实务实外，主要原因还是我跟马务实都喝了不少酒，而且他对象也已经上楼休息了。

马务实的故事，确实也让我比照起我与燕子的关系。如果我痛下决心，与燕子断了关系，是不是也会跟马务实一样，在三十岁时带着对象回家呢？

那次酒后醒来，在电话里，我问燕子，如果我现在送你十一朵玫瑰，你会收下吗？燕子说，会啊。我说，那你愿意嫁给我吗？燕子说，不愿意。我说，为什么呢？燕子说，因为我们是异国恋啊。

确实，我想得有点多了，爱情可以忽视距离，但婚姻不能忽视距离。人家都已经答应跟你异国恋了，你还想怎么样？

是的，哪怕你已经准备好全身心地、坚定不移地、毫不动摇地投入所谓的异国恋中，但生活中的各种风浪，总是会让你心神摇摆，难以定夺。

9

考验我的时刻到了。

有人说，没有经过考验的爱情，不是真正的爱情。也有人说，譬如大头就是这么说的，爱情是不能考验的，一烤便糊了。那异国恋呢？目前还没有听到权威的说法。没有权威，就等于没有说法。没有说法，对于我来说，就是一种很好的说法。

不要说了。当三头婶上门给我介绍对象时，我是这么想的。转眼就是正月初五了，村里的风俗，五日年一过，各种活就张罗开了。我也准备在家再睡一晚，就打道上班去了。没想到初五早上还在迷糊中，三头婶就上门了。

三头婶是个热心人，尤其热心给人牵线搭桥，有一种媒婆的既视感。她说话大大咧咧的，隔老远就能听出那标志性的嗓音。至于为何要叫三头婶，我也不是很清楚，反正村里人都是这么叫的。

对于三头婶的到来，最开心的自然是我妈。我还躺在床上，就基本听了个八九不离十。三头婶是这么说的，隔壁罗山村有人家托她讲亲，那人家有个女儿，是幼儿园老师，人长得好，还是个安分人，家里就想她找个有正式工作的，以后生活稳定些，其他也没啥要求，相貌、身材、家里的条件，过得去就可以了。

自然，这么说，我就是那个过得去的人了。当我妈喊我下来的时候，我还是比较客气的。毕竟是同村的长辈，礼数还是要有的。对于具有丰富相亲经验的我来说，感觉一切尽在掌握中。不过，当三头婶给我看手机里对方的照片时，我确实有点不淡定了。

照片中的姑娘太漂亮了。我从未想过，有人会给我介绍这么漂亮的姑娘。般配般配，是指差不多一般的可以配配，而我跟照片中的姑娘，分明就是两般人哪。这种不真实感，让我感觉，这照片一定是 PS 的。而有了这个念头，我不安的心思就转成了好奇的窥探。

三头婶问我有什么想法，我想了想，说，那先看看吧。我这话有两层意思，再等等也无所谓，看看也可以。三头婶说，那我就跟对方说了，先安排你们见个面。我说，可以。

不得不说，好奇会害死猫，也会害死我。就是为了那该死的好奇，我还是付出了我也不知道该怎么去衡量的代价。

见面就安排在当天下午，三头婶的效率让我刮目相看，也隐隐让我明白了，为啥人家会叫三头婶。三头六臂，说的就是有能耐的意思。而略掉六臂，应该是称呼问题，总不能叫人家三头六臂婶吧。

地点是在三头婶亲戚的家里，跟女方同一个村。直接去女方家里，我表示有点不方便，三头婶也表示理解，给我做了折中的安排。两个村之间大概有五里路，谢绝了家人陪同，骑个自行车，十分钟左右就可以到了。时间安排在下午三点，为了礼貌，我两点四十就出发了。

罗山村不大，通乡公路一个岔口下来，过一座桥就是村口了。整个村子就是一条马路进去，然后房子盖在两边，用我们那边的土话讲，就是一绺儿，只是那一绺有一两百米长而已。

正月里头，村里人大多还没怎么出门，再加上那天天气好，不少人就坐在门口晒日头闲聊。为了方便找三头婶那亲戚家，我只能推着自行车进去。于是，我的进村，就成了一次检阅。我在路上检阅罗山人，罗山人在门口检阅我，罗山人成了我眼中的钉子，我成了罗山人眼中的傻子。

更傻的是，三头婶亲戚家是在靠里面那头的，这就差不多相当于我跟整个罗山村的人都有了一次眼对眼的亲密接触。也难怪，农村里要把相亲说成看亲了。

终于看到了三头婶，她在她描述过的一座房子门前等着我。这时候，我已经"麻木不仁"了。如果说仁是两个人，那我就是一横又一横，二得很。

主人家还是很热情的，看我进来，张罗着又是给我倒茶水，又是端水果盘子。我嘴里说着谢谢，扯着闲话，尽量让自己能够平静下来，毕竟这一路走来也太不容易了。

时间很快就过了约定见面的三点钟。当然，女人迟到是很正常的，特别是漂亮的女人。还可以这么说，女人的漂亮程度与迟到时间是成正比的。想到这里，我甚至还盼着，那个姑娘能更迟点过来。

三头婶大概是误会了我的表情，三点过了五分就急着打电话了，然后又跟我说，人家姑娘脸皮薄，怕不好意思，我跟她妈说了，马上就过来。我说，没事，不急不急。

正说着，一个姑娘蹦了进来，在桌上水果盘子里抓了一大把瓜子，又蹦了出去。就那么眼前一晃，我已经看出来了，这姑娘跟照片里差别也太大了，只能说 PS 技术太强大了。不过，主人家马上跟我解释了，刚才那姑娘是她的小女儿，一大把年纪了还不懂规矩。

原来如此。就在我为自己的草率憋着苦笑时，就听到门口有牛叫了起来。在农村听到牛叫是很正常的。习惯性循声看了过去，就看到有两人走了进来。一个是大妈，一个是姑娘，大妈走在前面，姑娘跟在后面。如果我没有猜错的话，那姑娘就是我要见的人了。

我确实没有猜错，从三头婶、主人家和大妈的对话中可以明确，这位在牛叫中亮相的姑娘，就是我要见的人。也确实是漂亮的，虽然没有照片里那么精致，但差不多素颜的样子，穿着很普通的棉绒睡衣，看起来反而更加真实了。我也看过许多"照骗"，有些还真能骗得你怀疑人生，都是妈妈生的，咋就不能相互信任呢。而这个姑娘的照片，如果说是"照骗"的话，那骗的就是寂寞。骗了个寂寞，加了番好感。

过程还算是在意料之中。大部分时间都是三头婶她们三人在聊天，我跟那姑娘只是简单地交流了几句，然后相互加了微信。

对了，姑娘叫罗雯雯。微信名是一串英文字母。回去后，三头婶问我的意思，我想了想，说，先聊聊吧。确实，拒绝我说不出口，不拒绝吧，又觉得对不起燕子。那就先拖一拖吧。

电话里，我还是跟燕子说起这次相亲的事。燕子表示祝贺。

我说，这姑娘真的很漂亮啊。燕子说，有多漂亮啊？我说，长得有点像刘亦菲啊，你能想象吗？燕子说，是吗，照片发过来欣赏一下。我说，你真要看啊？燕子说，必须的。我说，那你得"霸气"我一下。燕子说，你再不发过来，我就巴掌抢过来了。我说，好好好，我发还不行吗？

燕子如此霸气，那我也只能把照片发给她了。

<h2 style="text-align:center">10</h2>

没有想到，燕子也会吃我的醋。

记得我把罗雯雯的照片发给燕子后，燕子就给我回了一条信息，说，确定不是"照骗"？我说，骗你干啥，真人比照片还有味道呢。燕子说，啥味道啊？我说，就那个味道呗。燕子说，你们男人是不是都那样，见色就会起意啊？我说，什么啊，我只有见你才会起意呢。燕子说，你别给我绕弯子，说实话，你对那姑娘是怎么想的？

我想了想，说，我对那姑娘真没有想法，我只是想给我妈一个交代。燕子说，那怎么行啊，你得对那姑娘有想法，才能给你妈一个交代啊。我说，可我只对你有想法啊。燕子说，那你慢慢想吧。然后，她就不回我信息了。

正月初六上午，我回到了鹤川县城。下午轮到我值班，初七就正式上班了。值班的时候，我居然收到了罗雯雯发来的信息，说，在吗？我说，在。罗雯雯说，忙不？我说，不忙。罗雯雯说，能麻烦你一件事情吗？我说，不麻烦，有啥事说吧。罗雯雯说，你能帮我做一道数学题吗？

难道罗雯雯还是一个学生？不过我很快就知道，罗雯雯的妹妹还是学生，更准确地说，是一个小学生。那是寒假作业里的一道思考题，大概是说，一个三角形，每条边填四个数字，有1到9九个数字，要求每条边数字加起来都相等。

类似的题目，感觉自己学生时代也做过，于是满口答应了下来。没想到一琢磨，还真给难住了，凑了半天也凑不对数字，又不想丢面子，便去百度了一下，把答案告知了罗雯雯。忽然发现，罗雯雯为啥自己不百度呢？

或许是她没想到吧。人有时候就是这样的。不过，人家没想到百度就想到你，说明你比百度更好用啊。想到这里，我不免有些得意起来。最具体的表现就是，我发现自己竟然嘴角上扬，笑了出来。

而罗雯雯也用表情包表示了她的感谢。之后的几天，她又不时地问我一些类似的题目，当然都是代她妹妹问问题。我也是认认真真有问必答，毕竟小学题目，再加上有百度加持，还是难不住我的。一个敢问，一个敢答。虽然我不是老师，但好为人师总不能说是见色起意、无耻下流吧。何况，教的还是一个才读小学的小妹妹。

其间，我们也零零散散有意无意地聊到一些跟小妹妹学习无关的其他话题，也了解到关于罗雯雯的一些我原本不太理解的事情。譬如，最让我难以理解的是，为啥人家要托三头婶给我介绍呢？

说实在的，我是这样认为的，像罗雯雯这样年轻漂亮的姑娘，还是幼儿园老师，虽说不是正式编制，无非白美差点富、白骨少些精，但在婚恋市场上，女性年轻漂亮就是最大的资本，一般情况下，与之匹配的，哪怕不是高富帅，也是某方面比较突出的，至少也是婚恋市场中算得上的优质男。而以我的条件，比较起来还是有差距的，且不是一点两点，至少得三点起步吧。

罗雯雯是这样解释说明的，说这是她妈的意思。我说，那你的意思呢？罗雯雯说，我听我妈的。是的，正如罗雯雯说的，她妈是看怕了。

罗雯雯说，她有个表姐，人长得很漂亮，年轻时眼光高，挑来挑去都没挑好，现在快四十岁都还没着落。还有个亲戚，人也很漂亮，好不容易嫁了个有钱的老板，风光了一段时间，后来老板的生意做亏了，背了一身的债务，人也不知去向了。还有个亲戚的亲戚，也是个美女，当年年少不懂事，不顾家里反对，找了个社会青年，没想到人家会家暴，要离婚吧，又被威胁要杀她全家，现在都还纠结在那里……

罗雯雯说了好些，都是拿了副漂亮牌，结果却打得稀烂的典型，并得出结论说，所以啊，我妈就希望我能像小外婆一样，趁早找个有正式工作的，人实在一点的，稳定就好了。

罗雯雯说，她的小外公是离休干部，小外婆没到十八岁就嫁给他了，现在八十多岁了，是几个姐妹里生活最滋润、命最好的那个。

不得不说，罗雯雯她妈的观点，貌似传统，放在当下却有点反主流，但对我这样的人来说，实在是太友好了。我甚至怀疑，她妈就是我妈派出去的卧底，或者干脆说，我妈还是我妈，她妈更像我妈。

我说，你妈真是明白人，看得透看得远啊。罗雯雯说，是啊，我妈很聪明的，以前读书时成绩就很好，要不是家里穷放弃了，估计也能靠读书吃上公家饭呢。我说，那是，不过公家饭也就那样，无非就是稳定点吧。罗雯雯说，对的呢，过日子不就图个稳定嘛。

不是一家人，不进一家门。看来，罗雯雯母女还真像啊。只是，又像得不太真实。特别是像罗雯雯这样年轻漂亮的，如果不是见过面，还真难免会跟那些卖茶叶的诈骗案例联想挂钩起来。

听妈妈的话，将来不一定会幸福；但不听妈妈的话，将来一定会后悔的。罗雯雯是这么说的，看样子也是这么做的。这也让我对罗雯雯有了更多的真实感，虽说我不想跟罗雯雯发展那种关系，却也不得不说，我还是无法拒绝与罗雯雯这样年轻漂亮的姑娘保持某种可以联系的关系。

燕子说得也没有错，见色起意还真是男人本色，不过这"意"也有很多意思。至于我的意思，似乎更倾向于意思意思。因此，当罗雯雯说要感谢我请我吃饭的时候，我说，做几道小学数学题没什么，就不用这么客气了。但当罗雯雯说不是客气而是真心感谢时，我也就不客气了。

遗憾的是，就在我们约好时间、地点后，忽然发生了一点意外，市局临时要下来抽查安全工作，安排了三个县三个点，到鹤川县恰好是下午，那就得安排吃个晚餐，我们正好是对接的科室，而罗雯雯约我吃饭的时间正好撞到这个点上，于是我只能跟罗雯雯说抱歉了。

末了，我跟罗雯雯说，明天晚上老地方，我请你吧。罗雯雯说，明天早上我就去暖州。我说，哦，那下次我再请你吧。罗雯雯说她在暖州市的一家私人幼儿园上班，那也就意味着，错过了这次，下次估计不知道什么时候了。

第二天早上，我就看到罗雯雯发了个朋友圈，一张大概是在车上拍的路边风景照，配了这么一个文案：二月的春风，吹不到三月的桃花，终究，还是错过了。

这文案让人浮想联翩。我也不敢问，但总感觉是我错过了什么似的。还好燕子几乎是不发朋友圈的，否则我一定会浮想过度导致神经衰弱。

也不得不说，自从我把罗雯雯的照片发给燕子后，时不时地，燕子总会提起来敲打我一下。

那次电话里，记得是二月十四日情人节的时候，本来我还想着怎么你侬我侬一下，燕子却又提起罗雯雯，说，你跟那个相亲的姑娘发展得怎么样了？我说，发展啥啊？燕子说，发展关系呗。我说，啥关系啊？燕子说，好吧，你就使劲装糊涂吧，反正啊，你越装糊涂就说明越心虚。我说，那你要我怎么做，才能证明我跟她没有关系？燕子说，拉黑删除，那是小孩子才做的事，我就让你做一件大人才做的事，如何？我说，什么事？

燕子说，晒图秀恩爱，官宣撒狗粮，把你们的合影照片发朋友圈啊。燕子给我挖了这么大的一个坑，我能跳下去吗？我说，我哪有合影啊。燕子说，去合一张不就成了。我说，我不敢，除非是跟你合。燕子说，你不敢的话，我就不给你了。我说，什么不给我？燕子说，你想的，我都不给你。我说，那如果我敢呢？燕子说，就知道你有想法，终于露出狐狸尾巴了吧。

好吧，我无话可说。不过，既然你要逼我跳坑，那我就跳下去给你看看吧。也不知为什么，我居然很喜欢燕子吃醋的样子。

11

燕子一醋费思量，燕子二醋风波起，燕子三醋容后说。

燕子吃起醋来，也确实费脑。步步有陷阱，四处都是坑，得小心翼翼应付才是。自然而然，就以牺牲脑细胞为代价了。为有牺牲多壮志，敢教蜜罐换醋缸。为了燕子有醋吃，我愿意。

但就因为吃醋，引发了一场风波，那又是我没有想到的。事情的起因，概括起来，其实只有四个字：脑抽，手滑。

脑抽的原因有可能是为应对燕子吃醋脑细胞牺牲太多了，然后，我就做出了一个后来才觉得愚蠢的决定。

那天，去暖州市局开会。原本是科长去的，恰好他家里老人住院了，让我去代一下。一大早就起来坐快客过去，早上九点钟的会议，一个多小时就结束了。想着吃完午饭再回去方便一些，离饭点稍微有点早，便在附近逛一下。

在巷子里盲目转着，瞥见一家幼儿园，感觉像是在哪里见过，拍了拍脑门才想起，这门口牌子上的"佳佳乐幼儿园"，不就是罗雯雯说的上班单位吗？脑子不由抽了一下，想起自己曾说过，下次要请她吃顿饭的。这不，现在不就是机会吗？

于是，发了个信息，问，在干吗呢？没过多久，罗雯雯就回了过来，说，上班呢。我说，是那个什么乐幼儿园吗？罗雯雯说，对啊，就是佳佳乐幼儿园啊。我说，是不是石门巷那个佳佳乐啊？罗雯雯说，你怎么知道的？我说，我计算出来的，你信不？罗雯雯说，你是不是在暖州啊？我说，是的，我今天正好过来开会，顺便请你吃个饭吧。罗雯雯说，我中午在幼儿园里出不来，下午孩子放学了才有空。我说，那我请你吃晚饭吧。罗雯雯说，好吧。

其实这话一说出来，我就有点后悔了。请吃晚饭的话，那我就要在暖州市里等一个下午了，而且回去也不大方便，要叫出租车了。也只能怪脑子发热，失去理智了。

等待还是有点漫长的，午饭后，看到路边有一家电影院，也不管什么片子，买了票进去，看了个开头，就迷迷糊糊睡着了。是打扫卫生的阿姨把我叫醒的，见时间还早，出来后看到旁边影厅还在放映，我又溜进去看了一场，大概看到一半又睡了过去，又是打扫卫生的阿姨把我叫醒了。在阿姨的异样眼光中，我低下头看了看手机，差不多五点了。

连忙发了信息过去，说，下班了吗，地点你来定，单我来买。手一滑，竟发给了燕子，还好反应快，急忙撤了回来。等了许久，没见燕子回应，算了算时间，意大利时间差不多是早上十点左右，餐馆已经开始忙碌了，燕子应该不会看见的。想到这里，才松了一口气。又拍了拍胸口，给罗雯雯发了信息。

罗雯雯选了一家离电影院不远的麻辣烫小吃店，这让我有点出乎意料。是口味比较接地气呢，还是不想让我多花钱呢？我也不好意思问，只是表示，自己好久没有吃过麻辣烫了，太想吃了。

点好菜，买了单，在等待过程中，我发现有不少人眼光会不自觉地瞄过来，估计是我跟罗雯雯搭在一桌的缘故，感觉就更不自在了，忍不住又去了一趟卫生间。而就在我回到位置上时，罗雯雯说，刚才你手机响了，我不小心碰了一下，对方就关了，不好意思啊。

我说，没事没事。从桌子上拿起手机一看，是燕子打过来的，而且还是视频电话。顿时脑子嗡了一下，知道情况不妙，但也只能强装镇定，强颜欢笑。嘴上看似能吃能说，内心其实慌得很。

罗雯雯问我是不是女朋友打过来的。我说是一个国外的朋友打过来的。我说的是实话、真话，但听起来又像是假话、谎话。当然，这样说也只能是对付罗雯雯，至于燕子那边，我有强烈预感，接下来我肯定要有麻烦了。

而当吃完麻辣烫，罗雯雯表示要请我看电影时，我实在是装不下去了。我说，我要回去了。找了个理由，大意是晚上单位还有件紧急的事情要处理。

与罗雯雯道别后，我赶紧给燕子回了个视频电话，没人接听，又给她发了个信息，说，刚才找我有事吗？过了许久，燕子回了一条信息，说，没事，你就好好约会吧。

要想燕不知，除非己莫为。其实，我无非就是想兑现一个诺言，请罗雯雯吃一顿饭，小事而已。当然，这是不能让燕子知道的。知道了，小事就会变成大事。但现在，燕子分明已经知道了。

那接下来，又会发生什么大事呢？

12

是的，燕子二醋风波起。风波终究还是来了。正所谓，起是一阵风，波是水皱纹，眉头锁心思，着急是本人。

而最让人着急的风波，是看不见的风波。

原本我还希望着，这次风波中，燕子能以暴风骤雨般的醋意，对我进行兴师问罪。但让我没有想到的是，自从留下那条让我好好约会的回复后，她就再也没有回应了。

电话、视频都没有接，发信息也不回。一天，我着急；两天，我焦急；三天，我不急了。我知道，急也没有用，我得静下心来好好想想办法。但静下心来才发现，这不急，比焦急还要着急，比着急还要焦急。

记得大头曾经说过，要消除男女之间的误会，一次面对面的碰撞，胜过一万次不见面的道歉。现在的问题是，对于异国恋而言，那接近两万里的距离，让一次面对面的碰撞成了可望而不可即的奢想。别说出国审批手续麻烦，就是好几万块钱的来往路费，我也只能望囊兴叹。

怎么办？是任它凉拌，还是努力反转？功夫不负有心人，思来想去找突破。终于，突破还是被我找到了，答案不是突，也不是破，而是看似与突破毫无关系的，麻将。

是这样的，在燕子奶奶的嘴里，我就是麻将。而燕子奶奶说过，麻将曾是她的心头好。而麻将跟燕子奶奶打麻将，这样奇葩的画面，如果传播到普拉托燕子眼里，那又会是怎样的呢？

咬咬牙买了一副麻将，傍晚吃完饭后就拎着去找燕子奶奶了。当燕子奶奶听说我要跟她打麻将时，她立即表示要再去找两个人过来。倒是我不想惊动别人，就说，奶奶，不用这么麻烦，我们两个人打也是可以的。燕子奶奶说，麻将啊，你不知道，麻将就得四人打才有意思。说着就让我坐着先等等，自己出去找人了。

果然带来了两个跟她年纪相仿的老人，正好凑成一桌。听她们说起，才知道她们仨是老麻友，只是上了年纪很少有人陪她们玩，三缺一已经有一段时间了。旱久逢甘霖，缺久遇麻友，那热烈的心情自然是可想而知了。

说实话，从麻将技术来讲，我也就是菜鸟水平。不过我还是有自信的，自信人生三十年，会赢麻将八十岁。只是，看到她们戴起老花眼镜认真的样子，我还是虚了。不全是心虚，而是近视眼镜看出去有点虚。

结果是，三个年龄加起来快两百五十岁的"麻场"老手，竟完全不顾前辈身份，不讲"麻德"，对一个三十岁还未出头的"将湖"新人，进行了一次全面碾压。从头到尾，我一把也没有开胡。事后，当她们拿到象征胜利果实的三元两角时，还有人笑掉了假牙。

记得燕子奶奶跟我说，麻将啊，我还以为你是麻将高手，想不到你是放炮高手啊。我说，奶奶啊，叫麻将的人，不一定打麻将就厉害，就像叫多钱的人，不一定就有很多钱啊。坐在我左手边的王奶奶说，是啊，我大孙子叫伟俊，我看长得也不怎么样，就是一些小姑娘老围着他，说他长得跟明星似的，也不知道是啥眼神。坐在我右手边的刘奶奶说，对对对，伟俊这孩子，你别看他读书不怎么样，可就是有女人缘啊，不像我那大孙子，名字叫成家吧，可都考上博士了，也没见着带对象回家，真是愁死人了。燕子奶奶说，好了好了，麻将桌上就不要说后辈的事了，打麻将，打麻将。

对了，我也是麻将。还好奶奶们没有打我，不过，打我我也不怕。毕竟被奶奶们打，再怎么疼，也是疼爱吧。

可以这么说，通过打麻将，虽不能说是打入了她们内部，但也算跟她们打成了一片。特别是，跟燕子的奶奶。

成效很快就出来了，如果说这不是跟奶奶们打麻将的效果，那时间点也太过凑巧了。就在我跟奶奶打完麻将后的第二天一大早，我接到了燕子的电话，燕子说，这几天你干吗去了？

当然，我不能丢面子说自己光着急了，也不好意思直说打麻将去了。光速想了想，我说，没干吗，就一直在等你啊。燕子说，如果我都不回你信息，你会一直等我吗？我说，会。燕子说，说实话，你会等多久？我说，等到你回信息为止。燕子笑了起来，说，这样吧，看在你这么实诚的分上，我决定跟你谈一场正式的异国恋。

只觉得心里一晃，瞬间就晃出了一种实习转正的恍惚感，差点翻下床去，缓了缓身子，我说，那以前就不正式了？燕子说，那当然啦，正式的话，就不会允许你去相亲了。我说，好，我保证以后不去相亲了。燕子说，那你的那位约会对象呢？我说，什么约会啊，就凑巧碰到吃个饭而已。燕子说，那以后凑巧碰到还吃饭吗？我说，不吃了，啥都不吃了，就是凑巧碰到，也当作没看见了。燕子说，真的？我说，真的。燕子说，那你发个誓吧。

山盟海誓，这是我第一次遇到这种情况。我很认真地想了想，说，我发誓，从今以后，我只碰你一人，保证不与其他女人搞相亲、玩暧昧，如有违背，天打雷劈，不得好死。燕子说，死就不要了，我怕你死不承认。我说，那你要什么？燕子说，就要你一年的保质期吧。我说，一年也太短了吧，一百年太长，五十年还是能撑一下的。燕子说，你还是先撑满一年再说吧。我说，好，不信的话，你走着瞧吧。

或许还可以交代一下，后来我还真的有碰到罗雯雯，是在鹤川时代广场的街边，她上了一辆看起来很高大上的车子，然后我就远远地目送她离开、消失。

你想看到的，结果就看到了。那一刻，我觉得特别真实。虽然那场景是如此戏剧化，但不得不说，比起生活中太多的不合常理，戏剧化才是所谓的因果。

第四章

1

正式的异国恋就这样开始了。

一开始，我也不确定，什么才是正式的异国恋，也只能是摸着石头过河，哦，应该是摸着燕子过河。当然，燕子是不可能摸到的，确切地说，是摸着燕子的心思。

燕子会有啥心思呢？其实我也是摸来摸去摸不着。但也正是这摸不着，总让人忍不住想摸点什么出来。

那是不是说，所谓的异国恋，就是摸不着的恋爱。而正式的异国恋，不就是正式摸不着的恋爱了？

好吧，是我想歪了。而回到正途，或者说是对正式的解释，我就曾跟丁琳聊到相关的话题。

话题是丁琳先打开的。是这样的，过年的时候，有人给丁琳介绍了一个华侨做对象。见了一次面，年后华侨就出去了，丁琳原本觉得也就是应付一下父母，没想到，跟对方在手机上一聊，竟有了一种相逢恨晚的感觉。丁琳觉得不可思议，便不由自主地跟我提起这事来。

不得不说，此时我与丁琳的关系已经非常纯洁了，基本上属于那种说什么都不会跟暧昧搭边的感觉。当然，也不能说是处成跟大头那样的哥们，更不能说是什么红颜知己，而是倾向于那种类似形而上的，可以就一个日常话题进行严肃探讨的关系。夸大点讲，这关系似乎已进化到哲学领域了，姑且称之为哲友吧。

是微信对话。丁琳开门见山，说，你相信爱情吗？对于这个话题，我们应该有涉及过，但如此点名针对的，倒还是第一次。我想了想，说，那是不是可以先明确一下爱情的定义？丁琳说，这个好像无法明确，你就认为是你觉得的样子吧。我说，我觉得的爱情我是相信的。丁琳说，为什么？我说，既然是觉得了，那肯定就是相信了。

那你认为爱情是伟大的吗？接着，丁琳又提出了第二个问题。我说，伟大是多大？丁琳说，那就参照个体生命吧，比个体生命还大的，就是伟大。我说，是不是可以这么理解，愿意牺牲生命去做的事情，就是伟大？丁琳说，对，也可以这么理解。我说，这个我无法判断，因为我还没经历过这样的选择。

为了爱情，你可以付出多大的代价？丁琳又提出了第三个问题。相对于第一、第二个问题，这第三个问题就显得形象，有形而下的意思了。于是，我阐述了这样的观点：首先，爱情的获得跟付出并不成正比关系；其次，付出代价后也不是意味着就可以获得；最后表示，如果必须的话，我可以付出我所拥有的，但如果是透支的话，我会持谨慎态度。

那如果回到现实具体问题上，譬如异国恋，你会怎么做？丁琳终于把问题落在了具体的现实上。我与燕子的关系，丁琳虽然没有多问，但或多或少是知道一些的。而她之所以问我这个问题，应该不是八卦我和燕子的关系，大概率是她自己遇到了类似的问题。我说，你是不是遇到异国恋了？

丁是，丁琳说出了跟那华侨的关系，说她也没有想到会遇到这样的事情。我说，对方有没有明确的意思？丁琳说，一开始相亲的时候是有明确的，说好如果可以的话，就跟着出去，但聊着聊着反而就不明确了。我说，那你能接受出去吗？丁琳说，说实在的，我害怕，我怕出去后，自己不适应；又怕不出去的话，就再也遇不到这种感觉，会永远失去我想要的东西。

确实，丁琳所谓的害怕，也是我隐隐感觉害怕的。自然，我给不了答案。我只能把我个人的想法送给她，我说，既然是爱情的感觉，那异国恋又何妨。丁琳说，也是，就当是一个梦吧，梦都做这么久了，也不差这一年半载。我说，你确定就一年半载？丁琳说，总不至于十年百年吧，既然决定了，还想那么多干吗。我说，也是哦。又想了想，说，你说的是正式的吗？丁琳说，必须是正式的啊，否则有意思吗？我说，那怎样才算正式？

如果说患得患失是开始，那放下得失就是正式吧。这是丁琳的解释，也让我有了一种豁然开朗的感觉。

而为了验证丁琳的观点，我也非正式地问过燕子关于"正式"的问题，燕子的回答是这样的，燕子说，很简单啊，就是你的就是我的。我说，那你的呢？燕子说，你都是我的，我的当然是我的。

没想到燕子的逻辑也这么严密，我无话可说。当然，这并不代表我没有话说了。我可以把话撂在这里，要么我不说，要说，我也不含糊。正式，就是一口唾沫一个钉子，不存在一个马虎眼。

而正式的异国恋，就像是鹤川的土狗跟普拉托的燕子，除了距离有点远以外，其余都是真实的。

当燕子说异国恋正式开始时，我的确在难以捉摸中，获得了一种真实的感觉。

2

不得不说，这正式异国恋的开始，是具有划时代意义的。至少，对于我个人的小时代而言，是这样的。

莫名其妙地，我忽然觉得，这世界变了。譬如，如果说丁琳的爱情让我感觉意外，那大头的改变，就让我震惊了。

那天，大头约我吃猪头骨。一说起来才发现，我们竟然有好几个星期没碰头了。一家猪头骨店里，大头喝着啤酒，跟我说起了一件让我眼镜差点掉下来的事，大头说，他要订婚了。

大头比我小三岁，一个二十七岁的小伙说要订婚，原本是很寻常的事，不过这话出自自由恋爱主义者大头之口，感觉就非比寻常了，就像是听到一个立场坚定的钢铁战士忽然叛变了，让人难以接受。至少我听了之后是，凳子往后一摇，身子往前一趴，眼镜就贴在桌面上了。

当然，在整个人缓过来坐正后，我还是表示了祝贺。奋泳爱河多少载，而今上岸把婚订。不知哪位女中豪杰，能让大头束手就擒？在祝贺之后，我马上表示了我的好奇。

大头仰头把一杯啤酒喝了进去，说道，兄弟啊，你就别笑话我了，其实我现在也是进退两难啊。我说，都要订婚了，还犹豫啥啊？大头说，我原本以为，只要恋爱足够快，现实就追不上你的脚步，没想到一停下来，就被现实踩在脚底。我说，那你为啥停下来？大头说，说实话吧，我实在不想吃快餐了。

对于吃快餐，我自然是深有体会，以前吃饭团的时候没感觉，饭友团散了后，那吃快餐的日子真是一言难尽，这店一餐，那店一顿，那吃一餐换一顿的滋味，感觉跟流浪汉也没多大区别。要知道快餐店里的快餐，吃一两次觉得味足料猛，但吃多了就容易把人吃傻吃吐。宁喝家里隔夜汤，不吃外面快餐肉。而能够解救的最好办法，自然就是找个人成个家。

有意思的是，大头订婚后不久，不少单位就开始自办食堂，并普及开来，也不知大头有没有后悔。

而就在我表示理解时，大头却表示，他这订婚是有条件的，而且条件还高得离谱。

一开始，我还以为是彩礼的问题。毕竟，在鹤川县城，年轻人要结婚，一套房子是前提，如果是双职工有公积金的话，一般大概支付首付二三十万元就差不多了。不过这也是不小的数目，再加上装修，就往五十万元奔了。至于聘金，少说也得十万八千元。大头虽说家里经济条件比我好，但估计也够呛。

没想到的是，我想错了，而且错得很离谱，大头告诉我，女方提的高要求，不是彩礼问题，而是要在结婚宴上，专门备一桌前女友桌，把他的前女友都给叫过来。

听到这个要求时，我笑了，我说，以你的战斗力，备一桌前女友，那还不是手到擒来。大头说，前女友是这么好叫的吗，说实话，我跟很多所谓的前女友，其实都是蜻蜓点水式的交往，连露水情缘都不是。我说，那你没有跟她说吗？大头说，说了，可是她不相信，非跟我杠上了。我说，那怎么办？大头说，你说怎么办？

终于还是了解到了，大头的对象其实我也认识，是县气象局办公室的，叫邱淑静，平时看起来也是一副人畜无害的淑女样子，没想到内心想法会这么独特。当然我跟她纯粹是工作关系，毕竟安全生产跟气象也是有些关联的。

对于邱淑静提出的高难度刁钻要求，我是这么分析的，这应该不是邱淑静的本意，而是为了考验大头，也是给大头立一个下马威，让他从此断了风流是非债。大头说，断就断，他也早已做好与过去了断的准备，但以这种方式断，实在做不到啊。

一桌前女友，难倒大头汉。好吧，既然是兄弟找我想办法，能够想得到就尽量想，能够帮得上就尽量帮，只要不是找我借钱就可以了。

想啊想啊，直到两人喝得迷迷糊糊了，也没有想出什么好办法。不过为了体现兄弟仗义，隐约记得我还是拍了胸膛表了态，说，放心，到时我去找她，一定让她断了这奇葩的念头。

不过，当我酒醒之后，就开始后悔了。身经百战的大头都没有搞定，凭什么我就能行。那天凌晨，我在电话里问燕子，说有这么一个事情，一男一女要订婚，女方提了一个要求，要求男方备一桌前女友桌，把前女友们都请过来，这是什么意思？燕子说，这挺有意思啊，以后我也学习一下。我说，这是歪风邪气，你可千万不能学习啊。燕子说，你不明白，这叫弘扬正气，男人嘛，就要敢作敢当啊。我说，那我以后是不是也要备一桌前女友桌啊？燕子说，你呀，把那些相亲对象叫起来凑一凑也不是不可以哦。我说，不凑行不行？燕子说，你问我？我说，这问题我哪敢问别人，必须是你啊。燕子说，不行。

万万没想到，本来我是为朋友两手拉坑，没想到自己先掉坑里去了。也不知是什么时候，我忽然灵机一动，如果邱淑静没有前女友桌的想法，那燕子是不是就不会有相亲对象桌的想法？同理，如果燕子没有了相亲对象桌的想法，那邱淑静是不是也就没了前女友桌的想法？

这似乎是一个循环论证，却给了我怎么从现实角度破解问题的线索。于是，找了个空闲，我给邱淑静发去了信息，尽管是认识的，还是特别做了个自我介绍，我说，你好，我是赵春来的朋友，马向远。赵春来就是大头的真实姓名。邱淑静说，你这是什么意思啊？我说，你懂的。邱淑静说，好吧，有什么事吗？我说，

想找你帮个大忙。邱淑静说，大忙我可帮不上啊。我说，有关我
女朋友的事，你帮我参谋参谋吧。邱淑静说，那行，你说吧。

于是，我就把燕子要我把相亲对象凑一桌的事跟邱淑静说了。
邱淑静说，你没跟我说笑吧？我说，我怎么会拿这种事情说笑呢。
邱淑静说，办法其实也不是没有，就看你能不能接受。我说，放
心，只要我做得到，我都会接受的。邱淑静说，那你听着啊，如
果你能当着她的面，一口气喝下一瓶陈年老醋的话，一切就好说
了。我说，一瓶陈年老醋喝下去的话，那不是要人命吗？邱淑静
说，放心，人家会阻止你喝下去的。我说，能确定吗？邱淑静说，
这么说吧，你面对的是女朋友，不是女阎王。

在我表示感谢之后，我就把邱淑静的方法分享给大头了。后
来我问大头效果如何，大头说，确实有效果，前女友桌撤了，不
过我现在看到醋就想吐。我说，她没阻止你喝吗？大头说，阻止
啥，都喝了大半瓶了，还不如给我来个痛快呢。

3

有些事情就是这样蛮不讲理的。

当然，野蛮女友不讲理，是可爱的；野蛮女人不讲理，就是
可恶的。这个世界不仅包含着可爱与可恶，也包含着其他可这样
可那样的。

而在情感的世界里，包含的就更加那个了。有人把情感世界比作造孽的大海，什么爱浪翻起，什么恨风吹过，爱情的故事说来就来，友谊的小船说翻就翻。昨日像那东流水，今日乱我西风破，明日又望南往客，来日谁等北归人……

至于现实生活，可能不像情感世界那样说变就变，见风就是雨，遇雨就显龙，更多时候，更像是月亮的脸，偷偷地在改变。

自从正式异国恋以来，我的情感世界确实发生了很大的改变。可以说，这种改变有波及性，会波及现实生活，波及身边事物，甚至是单位。

是的，那段时间里，我发现单位也在偷偷地改变。一开始大家就偷偷地说，我们单位要来一位女副局长，说着说着，女副局长就真的来了。

女副局长叫张碧瑶，是镇里副书记的职位平调过来的，曾是单位传说中的乡镇四大美女之一。还没等张副局长过来上班，我就发觉整个单位的气氛都被烘托起来了，不管成家没成家的，讨论起来情绪都有些激动，看来对美女的八卦几乎是每一个群体的本能。

后来才知道，张副局长不仅人长得美，还颇懂中医养生之道。而我之所以能知道这一点，起因还是燕子。

说来有点话长，那天电话里燕子忽然跟我说，你给我寄点牛奶株过来吧。我有点听漏了，说，牛奶？意大利那边没牛奶了，是不是疯牛病又开始了？燕子说，哎呀，你还是鹤川人吗，是牛奶株，不是牛奶，一种草药的名字知不知道。我说，哦，知道知道，你放心好了，保证第一时间完成任务，以最快的速度给你空运过去。

虽说有点迷糊，还是先答应了再说。在单位里，领导给你派私活，是看得起你，把你当自己人看。现在燕子给我派私活了，这道理我能不懂嘛。

说起来才知道，燕子的胃原来就偶尔有点不舒服，可能餐馆生意忙三餐不定的缘故，最近感觉严重起来了，去老乡的私人诊所看了，说这种情况西医也没啥好药，只能靠养。老乡医生还向她推荐了一个据说很有效的偏方，其他的配方意大利那边都能找到，就差牛奶株了。不得不说，自从燕子表明与我正式异国恋后，有些麻烦也就不怕麻烦我了。

燕子之事无小事，何况还是关乎燕子身体健康的事。说在燕子嘴上，疼在我胃里，必须马上行动起来，早一分钟把牛奶株寄到意大利，燕子的身体就可能早一分钟舒坦起来。

是的，朝夕太久，只争分秒。既然是鹤川土生土长的草药，我就给老爸打了一个电话。老爸虽说不是什么中草药医师，但作为一个老农民，对山上各种草药还是很熟悉的，不过由于方言的原因，也费了不少口舌才把牛奶株给说明白。

关键是在株这个字，我以方言猪的发音传达过去，没想到这个发音跟真实方言发音的差别比一头老母猪还要大。在鹤川的方言里，几乎每个乡镇都有一定的区别，所谓三里不同村，五里不同音，在八山一水一分田的山头里，是常见的事。

于是，我爸一时无法从比老母猪还大的读音差别中马上反应过来，竟被我误导走进了另一条岔路，好在最后岔路重逢，消除了一场父子关系差点冒火的危机。

当我从老爸口中得知村里的后坑山上就有牛奶株时，便以家里人身体的原因请了一天的假，迫不及待地赶回老家去了。也不能说是欺骗单位，因为我已经把燕子当成家人了。

回到老家时，已是早上九点多了。正好老爸在家，也没来得及跟老妈打招呼，就直接让老爸带我去找牛奶株了。老爸肩扛锄头、腰背柴刀走在前，我手拿手机跟在后。我已经跟老爸做了说明，是我一个重要的朋友急需这个东西。至于有多重要，我没有特别说明。一来，虽说我把燕子当家人了，但还是放在我心里，不是在老爸面前；二来，只要我说重要，其实我爸已觉得非常重要了。

后坑山听起来是一普通的山名，但在我爸的眼里，就是一座神山。神就神在，如果身体有什么不舒服，他就会在这座山上找东西吃或敷。也不知道是我爸本来身体素质就好，还是所谓草药发生了功效，自我知事以来，还从未见过我爸上医院吃药打针。我爸曾说过，后坑山就是我们的后山。在我们那一带方言里，后山与靠山差不多就是一个意思。

近些年来，去后坑山的人是愈来愈少了。上山本来就是很累的活，没有人天生就喜欢干很累的活。不得不干是一回事，想不想干又是一回事。上山的人少了，自然山路上的杂草也就多了。老爸走在前面做开路先锋，我在后面就是跟路元帅了。

在路过一条小溪坑时，老爸跟我说，他记得很清楚，从这里逆着溪流上去，有一处又长又窄的山涧，那里岩壁上就长着牛奶株。果然不出所料，在那山涧里，老爸指着岩壁上的一簇树木说，你看，那就是牛奶株。看样子平平无奇，我的心情早已抑制不住激动，对老爸说，你把柴刀给我，我上去砍几根过来。

老爸深表怀疑，说，你行吗，还是我上去吧。我说，放心吧，你在下面看着就好了。我也知道，老爸是担心我摔下来。但老爸不会明白，我要亲手为燕子采集药材的决心，不能说是上刀山下火海，好歹也得拿把柴刀上个山，脱掉鞋子趟点水吧。

虽说我已多年未正式干过农活，但毕竟还是有点少年功夫的，爬上去抡了一膀子，就搞了一小捆下来了。还留着不少，总不能斩草除根吧，那就先留着等下次再说吧。毕竟用药也不需要那么多，而且也不方便邮寄。

又想到以前为燕子摔了两跤的教训，也不敢太过得意，小心翼翼地从岩壁上溜了下来，确定着地后，才长舒了一大口气。

都说人算不如天算，你所担心的事情，终将会发生，你想避开的，就是因为你想避开反而成了避无可避。也就在我跟老爸带着牛奶株走出山涧时，我忽然脚底一滑，整个人就沿着岩皮溜了出去。

这是一起比脚踩三个西瓜皮还溜得远的事故，摔的还是那一条腿，不过比前两次要严重多了。这一次我小腿胫骨骨折了，还住进了医院。在去医院前，我强忍疼痛交代我爸怎么把牛奶株处理好弄成包裹寄出去。而作为我腿伤的罪魁祸首，我妈要把它扔掉，是我以不去医院为威胁才得以保下来的。

让我没有想到的是，住院期间，作为分管领导的张副局长也过来探望了我，还让我好好休养。张副局长其实是快四十岁的人了，但看起来好像比我还要年轻不少，不过由于领导的身份，显得成熟、端庄而已。我对领导的看望表示感谢。不过，我妈一句牛奶株引起了张副局长的注意，我妈说，都是被那牛奶株害的。然后张副局长就问，牛奶株怎么了？我只能把整个过程大概解释了一遍。

更让我没有想到的是，差不多半个月后，我拄着拐杖去上班时，遇见了张副局长，张副局长还念叨起那牛奶株，张副局长说，等你伤好了，去你家山上看看那牛奶株吧。我说，牛奶株有什么好看的？张副局长说，你不知道，这牛奶株啊，就是中药中的牛奶，全身都是宝，记住了，植物跟人一样，不能以貌取人。我说，张局说得有道理，学习了。

4

一摔疼，二摔破，三摔折，一条腿摔了三次，终于骨折的消息，自然也传到了燕子那里。

牛奶株的包裹到意大利得三五天，骨折的消息瞬间就可以抵达了。这就是现代科技的力量。是我主动告诉燕子的，不过我没有说是因为牛奶株才骨折的。头几天，老妈在医院里照顾我，病房里不方便聊天，与其让燕子疑神疑鬼，不如告诉她。

燕子嗔怪了我一通，让我好好养伤。打是亲，骂是爱，燕子的言语让我很是受用，顿时感觉一切都值了。

出院后，我选择回老家休养一段日子。那天，燕子告诉我，她买了一辆车。我说，怎么想到买车了？燕子说，拉风啊。我说，不拉一下我吗？燕子说，看在你给我寄牛奶株的分上，就拉一下你吧。忽然想起了一件事，我说，那你有驾驶证吗？燕子说，中国的驾驶证也可以用啊。我说，那就好，以后我们就可以同坐一辆车，同做一个梦了。燕子说，想得美，我才不跟你同做一个梦。我说，好好好，那就同坐一辆车吧。

说起驾驶证，我是在两年前拿到手的。不过说起来，也满是辛酸泪啊。历经科一、科二、科三，一科难过一科，期间补考 N 次，终于三科圆满，感觉比高考还要刺激。现在，终于可以派上用场了，哦，对了，可惜我不能开车到普拉托。想到这里，又不免一声叹息。对不起，我的驾驶证兄弟，你就先安心躺着，等我有钱买车了再带你出去遛弯吧。

而让我没有想到的是，燕子还真带我出去遛弯了。当然，不是真带我这个人出去。我的腿虽骨折，眼睛尚好，燕子说，只要我乖乖听话，出游时她会打开手机视频，让我的眼睛也欣赏欣赏"意"国风情，并美其名曰，眼游。

正所谓，人在家中躺，眼到国外游。为免游外生枝，燕子约法三章，说，带你眼游可以，但眼睛要放老实点，切莫胡乱看。我说，放心吧，你让我看哪我就看哪，不该看的东西绝不乱看，又不是手游，不会给你惹事的。燕子说，哼，还想手游，小心手被剁了找不回来。

也算是英雄所见略同吧，燕子把首游的目的地设在了比萨斜塔。燕子说，第一次是带有试验性质的，就叫试游吧。既然是试游，那就带你去看比萨斜塔吧，那里离普拉托也比较近。

比萨斜塔，那原本就是试验的好地方。伽利略的试验天下皆知，在我的强烈建议下，燕子表示，她已经把一个鸡蛋以及一个鸡蛋模样大小的石蛋带上了。鸡蛋是真心的代表，石蛋是实意的象征，到时候看看，真心实意一起落下，会不会上演鸡蛋撞石蛋的戏码。

在我的期待下，做好充分准备的燕子，终于开着车子从普拉托出发了。没有排练，试游就是最好的排练，意大利时间早上八点三十分，中国时间下午三点半左右，燕子在驾驶室跟我短暂视频后，我就闭上了双眼，想象着自己坐在燕子身旁、副驾驶座位上。

从普拉托到比萨斜塔，地图显示有八十一公里，自驾一个小时左右。不过考虑到燕子是女司机，又是首次试游，那就再增加半个小时左右吧。

至于路况如何，我想应该不会太差，不太可能是山路盘旋十八弯，也不太可能是崎岖不平抖不停，当然，也不可能是一条大路通比萨。毕竟条条大路通的是罗马，罗马距离比萨还有三四百公里呢。

异域的风吹过万里的路，在我脸上短暂驻足停留后，就唱起了古老的民谣，和着淡淡的忧愁，飘过远山的雪线，马路是一条长长的琴弦，车子轻微晃动，拨弄出熟悉而又陌生的旋律。

此时，阳光灿烂，光从挡风玻璃上洒了下来，五彩斑斓，而你的眼睛闪烁着光芒，仿佛那太阳灿烂辉煌……

那是意大利经典民谣《我的太阳》，为你响起，却又戛然而止。是的，我没有想到，我居然睡着了，惊醒后才发现，燕子给我发来信息，说她开错路了。

新手上路开错也正常，但在我睡觉的时候开错了，我就觉得自己得承担责任了。特别是当燕子告诉我，她的车子差点跟前车追尾时，我就更觉得自己有点罪孽深重了。如果当时我是睁大眼睛的，或许就能避免这个错误发生了。多双眼睛多份关注，哪怕是在万里之外。

燕子说，还好前车是个意大利帅哥，没跟她计较。燕子这么一说，我就感觉事态非常严重了，应该不是差点追尾，而是已经追尾了。追尾之后，是不是跟意大利帅哥面对面谈了好久，最后还相互留了名片才依依不舍分手道别？

想到这里，我在床上坐不住了。当然，我还是无法站起来，只能挪了挪屁股，跟燕子说，回去吧，咱们不去比萨斜塔了。燕子说，那怎么行呢，出来了就要从一而终，不能半途而废。从一而终当然是好事，想不出有什么好办法可以制止，我只能提出要求，要求燕子在开车时必须打起精神，不能疲劳驾驶，确保行车安全。

当燕子重新启程前往比萨斜塔时，我就在手机里打开了意大利民谣，《今夜无人入睡》。

虽然还是白天，但不能再睡着了。我瞪着眼睛，一遍又一遍地听着音乐，我想只要我足够认真听，那燕子也是能够听到的。心有灵犀一点通，异国恋是最讲究这一点的。

终于，车子来到了比萨城的比萨大教堂附近。燕子从车上下来后，就打开手机视频跟我说，醒醒啦，睁大你的钛合金近视眼，著名景点比萨斜塔就在你眼前了。

我睁大眼睛，眼前是燕子的半张脸，准确地说，是燕子鼻尖上面的半张脸，重心就是燕子的那一双眼睛。视频有点卡，她的眼睛卡住时，就会把我的心也卡在那里，生怕卡着就动不了了。

忽然想起燕子应该吃午饭了，因为我已经吃过晚饭多时了，是我妈送到房间给我吃的。于是，便说，还是先吃午饭吧。燕子说，我刚才在车上已经吃过了。我说，跟你说了，开车要注意安全，怎能在车上吃东西呢？燕子说，我停下来吃不行吗？我说，那就行。燕子说，走吧，别把眼睛跟丢了。

根据燕子的解说，比萨斜塔就在比萨大教堂的后面、奇迹广场上。走着走着，燕子停了下来，说，现在是见证奇迹的时刻了。然后，我就看到，眼前的画面停止了晃动，在燕子半张脸的右上角，出现了一个白色的建筑。

不得不说，这建筑我很眼熟，那应该是比萨斜塔顶端的一部分，躲在燕子身后的角落里，是那么不起眼，又是那么真实。燕子一边调整着镜头，一边问我，看到了没，感觉怎么样？

我表示看到了，并表示感觉很好。燕子说，你能看到它斜吗？我说，看到了看到了，它真的是斜的耶。燕子说，你这话说的，不用这么夸张吧。我说，有夸张吗，亲眼看到比萨斜塔不应该都是这样吗？燕子说，行，你喜欢就好。我说，这斜塔应该能上去吧？燕子说，放心，接下来就带你上去做试验了。

暂时关掉了视频聊天，燕子说，你眼睛先休息一下，省得上塔时看到不该看到的东西。只能说呵呵了，难不成是怕我在塔里看到僵尸不成。不过话又说回来，走路不聊天，聊天不走路，暂时关掉视频聊天也是为了安全，正好，我的眼睛也可以放松一下。

在等待的过程中，我除了做一套眼保健操以外，还拄着拐杖下床绕了一圈，想象着自己走在奇迹广场上，走上比萨斜塔。对了，既然是奇迹广场，会不会真有奇迹发生呢？

而就在我想象着可能有奇迹发生时，电话响起，燕子已爬上了比萨斜塔，视频里可以看到，燕子那张脸高高在上的样子。然后，燕子把镜头反转了过来，对着塔下面，于是，一片绿色的草坪就晃动了起来。

燕子说，你看到什么没有？我说，我看到塔下面的草坪了。

燕子说，那你看着啊，我开始试验了。我说，我看着呢，不过你最好是录屏啊。燕子说，好吧，我放手了。

然而，除了燕子松开的手背以外，我什么也没有看到。燕子是这么解释的，真心（鸡蛋）掉落地上被狗吃了，实意（石蛋）忘在车里没带过来，只能顺手捋了两根鸟毛，准确地说，是鸽子的羽毛，一根头来一根尾，一根轻来一根重，也算符合试验的本意了。

其实，看了现场后，我也知道在塔上做鸡蛋与石蛋的试验，是不被允许的。否则，到时鸡蛋会不会碰石蛋不知道，但若是碰到下面游人的脑袋，那就真的是完蛋了。

燕子说，你看到那羽毛没有？我什么毛也没看见，却假装看到的样子，说，我看到了，它们在飘啊。燕子说，那你说，哪一根会先落地呢？我说，那肯定是一起啊，就像你和我一起一样。燕子说，谁跟你一起啊。

好吧，用什么做试验并不重要，试验的结果也不重要。重要的是，燕子真做了这个试验。在比萨斜塔上做试验，是我心心念念的。心有所念，必有回响。燕子虽说没有回来，却给了我这般回应，我还能怎样？

当然，这是燕子第一次带我出去眼游。第一次嘛，难免会遇到一些意外，画面也会有点卡，镜头也会有点糊，观感也会打些折扣，不过燕子说了，下一次的话，一定会给我更好的体验、更大的惊喜。

5

如果说比萨斜塔之行是试验的话，那罗马之行，就是一次实打实的远游了。

在我有限的历史认知里，在相当长的一段时间里，罗马都是西方文化的中心。像恺撒啊，屋大维啊，安东尼啊，再加上埃及艳后啊，大时代、大人物、大事件，都是鼎鼎有名的。当然，那时候的罗马更是一个帝国的象征，跟现在的意大利还是有很大差别的。罗马在我心中，多少有点梦回长安的意思。对，就是先回到长安，再顺着一条大路去罗马看一看。

而要了解一个地方，亲身经历自然是最好的。但有些地方，不是你想亲身经历就能亲身经历的，首先你得问一问，钱包允许不允许。罗马，对我来说就是这么一个地方。还好，燕子表示，只要她高兴，别说是罗马，罗牛也是可以考虑的。

说实在的，也有听旅游团的人说起，像他们就是出去了，也就是上车睡觉，下车拍照而已。这样的话，还不如跟着燕子去眼游呢。

罗牛也就算了，让我没想到的是，很快我就得到了去罗马的奖赏。

那天，燕子跟我提起，说吃了偏方，胃病果然好多了。我说，那究竟好了多少？燕子说，反正就是差不多好了。我说，好了就好，牛奶株不够吃的话，到时我再寄给你。燕子说，牛奶株是药，不是饭，你寄过来的都够我吃三年了。然后燕子又问我，我的腿是不是因为采牛奶株摔的。

不得不说，这已不是燕子第一次问我这个问题了。以前我总是不明确答复，但这一次我就不藏着掖着了，说，能治好你的胃病，我这条腿也值了。燕子说，那你这条腿有什么要求没有？我说，都说条条大路通罗马，就让这条腿去罗马走一走吧。燕子说，行，接下来我就带着你这条腿去罗马走一走。我说，那我人呢？燕子说，你把腿卸下来给我带走就可以了。我说，你就扛一条腿去？燕子说，对啊，一条腿多方便啊，到罗马后再当火腿卖了，还能抵个油钱呢。我说，你想得可真美啊，反正打死我也不卸，要去一起去。燕子说，好吧，你要是死皮赖脸的话，就跟着去吧。

可以说，一开始，我的心情是异常激动的。正所谓，罗马万里远，燕子离得近，临行密密"疯"，唯恐迟迟归。期待值瞬间就拉满到一百二十分，多出二十分是充值送的拉拉拉，易拉罐的拉。

不过，当我从百度攻略中得知，普拉托到罗马距离接近三百公里，自驾的话差不多要四五个小时，我又瞬间改变了主意。

心疼是一方面，担心也是一方面，我对燕子说，我不想去罗马了。燕子说，那你想去哪里？我说，还是去近一点的地方吧，譬如佛罗伦萨。燕子说，佛罗伦萨随时可以去，但罗马也不是你不想去就不去的。我说，那等我腿好了再去可以吗？我怕这一路颠簸，我的腿真会留在那里。燕子说，你别忘了，罗马就是为你那条腿去的，腿好了，还带你去干吗？

我无话可说。既然燕子主意已定，我只能服从。忽然发现，到了国外后，燕子就像是变了一个人，特别喜欢挑战难度。或许，这就是环境改变人吧。正所谓，国内乖乖女，国外女汉子，同是一个人，相逢不相识。

按照计划，燕子把整个行程分为两天一夜。燕子说，这是她到意大利后，制订的最长出行计划。燕子把这个计划定名为"罗马假日"。这是一个很浪漫的名字，哪怕是万里之外，依旧听得我脸红心跳。我没有想到，有朝一日，我也会参与到这样浪漫的计划之中。

6

电影《罗马假日》，其实我在大学期间是有看过的。故事的大概内容还是有些记得的，具体细节忘得差不多了。

原本以为，浪漫应该是帅哥与公主的专属，但没想到，一条摔成骨折的腿，就要打破这个专属了。由于画面太美，一时不敢想象。直到燕子把时间表也列出来后，我才慢慢缓过神来。

是这样的，意大利时间周六早上八点准时出发，十点钟左右，在半路休息半个小时左右，然后继续行驶两个小时，差不多就可以到达罗马城了。下车吃个午饭后，就可以在罗马城自由游玩，晚上住在罗马城，第二天早上睡到自然醒，再慢慢开车回去。

当然，我也做足了准备。为了这两天一夜，我不仅在网络上重温了《罗马假日》，还特意准备了一瓶风油精用以提神醒脑，同时，还准备了一大袋零食、饮料用以补充能量。虽然我的身体只能远远地陪伴，但必须是，远在天边，近在眼前，无时无刻，随时随地。

而让我万万没有想到的是，就在我万事俱备，只等燕子出发的时候，燕子却告诉我，她不去罗马了。我说，那要去哪里？燕子说，哪也不去了。我说，是不是遇到什么事了？燕子说，没什么事，就是不想去了。

不想去，那就不去了。确实没有想到，燕子会在这节骨眼上忽然闹脾气。女人闹脾气总是没有缘由的，不要追问，不要追问，不要追问！重要的事情说三遍。想告诉你的自然会告诉你，不想告诉你的，就让好奇害死猫吧。

心在吼，肺在叫，喉咙在咆哮，一口老痰差点就没吐出来。

我只能坐在床上煎熬，很想把那条断腿卸下来，然后放飞自己。遗憾的是，我是一只断腿的小小鸟，怎么飞也飞不高，更别说万里之遥。

不过，罗马假日固然是浪漫的代名词，但问溪假日也不是盖的。说实在的，我还真听说有在问溪盖假日酒店的规划，一旦这规划实现了，那问溪假日自然就能盖上了。

确实，当燕子表示不去罗马时，我表面看似平静，内心其实早已炸锅。只是，跟燕子在一起，我已经习惯了，哪怕是炸锅，我还得去背锅。让我炸也好，背也好，反正燕子都是对的。

而就在我一口老痰在喉头吞也不是吐也不是，靠在床上迷迷糊糊之际，燕子给我打来了视频电话。我一接起来，就看到燕子眼睛弯成了钩，然后就听到燕子说，你猜，我现在在哪？

罗马。是的，我在燕子的身后看到斗兽场的样子，尽管似乎有些距离，还是能一眼看出那标志性的建筑。

惊不惊喜？意不意外？确实，燕子给了我一个大大的惊喜。燕子骗了我，说不去罗马了；又没有骗我，给了我一个这么大的惊喜。

我张大嘴巴，不知该说什么好。只能跟随着燕子，到斗兽场里转一转。破旧的斗兽场里，除了三三两两的游人外，看不到一只野兽，好吧，如果可以的话，我愿意化身为野兽，跟燕子来一场人兽斗。

想得还是挺美的。而就在我想变成野兽的时候，在斗兽场里晃来晃去的燕子，忽然跟我说，有没有想象，变成一只野兽啊？我说，有啊，我还在想象你变成美女角斗士的样子呢。燕子说，那你有没有感觉到害怕？我说，当然害怕，怕把你吃掉怎么办。燕子说，你想得美，敢吃我，本角斗士就把你阉了。

没想到燕子手段这么阴狠，我只能做出吃瘪的样子，以博得燕子的同情。毕竟，斗兽场不是歌剧院，阉了之后还能发挥特长。看到我一脸不服气又不敢生气的样子，燕子表示满意，说只要我乖乖听话，就带我去许愿池许愿。

人在万里外，全靠人家给镜头，自然也不得不低头。去许愿池的路上，燕子又暂时关掉了视频聊天。那时候，手机上好像还没有直播功能，否则我在直播间刷点礼物，听燕子大哥大哥的喊起，也就不用受这般委屈了。唉，只能说生不逢时啊。

还好，从斗兽场到许愿池并不太远，也就是半个小时左右，燕子便让我看到了许愿池的样子。

不得不说，全世界的许愿池都是比较类似的，除了前来看热闹的人外，肯定会有一个水池，水池前还会有神佛之类的塑像。而罗马的许愿池前，塑像的主题是海神。当然，还有许愿池的传说。

传说中，只要你背对着许愿池前的喷泉，右手拿硬币从左肩上方向后投入水中，就能实现自己的愿望。一枚硬币代表此生会再回罗马，两枚硬币代表会与喜欢的人结合，而三枚硬币则能令讨厌的人离开。

我问燕子准备了几枚硬币。燕子说，三枚。我说，能不能借我一枚啊？燕子说，不行。我说，那你准备扔几枚啊？燕子说，不告诉你。

是的，在燕子扔硬币的时候，我还是有点紧张的。燕子扔出第一个硬币，我能听到心叮当响了一下；燕子又扔出了第二个硬币，我的心又叮当响了一下；然后，是第三个硬币，不过，就在我心揪起来的时候，燕子的手忽然停了下来，并做出摸索的样子。最终，神秘一笑，转过身来，表示许愿完成了。

我的心也终于放了下来，如果只扔两个硬币的话，那就是许愿能与喜欢的人结合。以目前来看，燕子喜欢的人只能是我吧。只是，我为何害怕燕子让讨厌的人离开呢？

我拍了拍胸膛，感觉是自己想多了。确实，燕子花了这么大的心思，带我眼游罗马，难道只是为了一条腿？何况，那条腿也是属于我的。既然如此，我还疑神疑鬼干啥呢。

忽然想起，如果像《罗马假日》一样，让燕子把手放进真理之口，然后问她喜欢的人是谁，会不会就可以得到答案呢？遗憾的是，燕子并没有带我去那里，也不知道是不是心虚。当然，我只能一路跟着，跟着燕子来到了万神殿。

万神殿，听起来就感觉是很牛的存在，不过在手机镜头里，门口的八根大柱也不过如此。说实在的，还是神殿里面的穹顶看起来更震撼些，当燕子把手机镜头对准穹顶时，能看到光耀之下，像太阳一样闪亮的存在。

至于那些神的雕塑，相对于光耀，就显得有点黯然失色。神的光彩，总是让人难以捉摸的。

罗马的夜色也慢慢降临了，我望向窗外，更是一片漆黑，无边安静。仔细听，还有虫子鸣叫的声音。春天已经开始，这些声音已经属于叫春的声音。

晚饭后，罗马的街头，燕子一个人站在那儿，拿着手机问我，有没有想我？我说，想，很想很想。燕子说，能更具体一点吗？

我想了想，说，如果想有长度的话，那至少得有一万里吧。燕子说，那你知道鹤川到罗马有多少里吗？我说，有多少里？燕子说，将近两万里吧。我说，那就对了，我想你一万里，你想我一万里，我们就可以相逢万里了。燕子说，你想得真美，可惜我只想你一点点，手臂那么长的一点点，你就搁在半路慢慢想吧。

7

忽然发现，燕子虽然带我眼游四方，却还从没有带我进入过教堂。

在意大利，最常见的建筑据说就是教堂。巴黎圣母院自然是法国的，但在意大利，说得上名字的，也有米兰大教堂、圣十字大教堂、佛罗伦萨大教堂等，就是在普拉托，也有普拉托大教堂。当然，这些所谓的大教堂，其实我也是从百度里得知的。我不是什么信徒，之所以念念不忘，大概只是好奇的意思，毕竟，影视作品里看到的太多了，但更多的，还是跟燕子有关的。

不知从什么时候开始，我就有这么一种想象，想象着在教堂里，我跟燕子结婚的样子。这样的想象，大概是我跟燕子异国恋之后才出现的。有时是一晃而过，有时好像是在梦里，成年人的想象，有时也跟孩子一样，只是习惯不露声色而已。而当燕子带我去罗马眼游后，我发现，那想象的画面就更加具体、清晰了。甚至，压在心里有点压不住的意思了。

那天，我终于忍不住对燕子说，你能带我进教堂看看吗？燕子说，教堂是做祷告的，你进去看什么啊？我说，我也可以做祷告啊。燕子说，你会做祷告吗？我说，不就是闭上眼睛念念有词吗，反正别人也听不到。燕子说，那你这种假冒伪劣分子，就更不能进去了。

好吧，不想带我进教堂，我偏要进去看看。可是，如果燕子不带我进去，我又能怎样？

于是，我咬了咬牙，对燕子说，上次我断了一条腿，你带我去了罗马，如果这次我再断一条腿，你能带我去教堂吗？燕子说，呸呸呸，我可不想带一个坐轮椅的男人进教堂。我说，对对对，我是乌鸦嘴，为了你，我要保证所有的腿都健康。燕子说，满脑子乱七八糟的，还想去教堂？我说，行行行，我错了，我忏悔。

偷鸡不成蚀了把米，想去教堂反被批判。那就先等等吧。是的，机会总是留给善于等待的人。终于到了拆石膏的时候，这就意味着我的断腿已经重新恢复连接了，就像是大桥合龙，应该搞一个隆重的庆祝仪式。不过，我是一个从小就喜欢低调的男人，没有大肆声张，只是对燕子说，石膏一拆，祝福到来，你奖励我什么啊？燕子说，对啊，这倒是值得恭喜贺喜的事啊，说吧，你想要什么？我说，我想你带我去教堂看看。燕子说，行，天亮了就带你去看看吧。

天亮了，当然，那是意大利普拉托的天空。燕子居然穿着一身白色的长裙出现在我眼前，阳光洒了下来，白色的长裙粼光点点，在小城的五彩斑斓中，显得特别耀眼。

燕子说，她要带我去教堂。我说，教堂在哪里？燕子用手指着前方。我看了过去，心中一阵激荡，那是快乐的方向。

是的，此时如果我在普拉托的话，我一定会穿上黑色的西服，跟燕子一起走进教堂。但遗憾的是，我跟燕子隔了大约两万里的距离，虽然石膏已经拆掉了，但人还是穿着睡衣赖在床上。想到这里，我的脸顿时烫了起来。

摸了摸额头，额头还是冰凉的。看来，只有我的脸感到了不好意思。我想，我的脸一定是红了。天上的太阳红彤彤的，而我的脸上却有两个太阳，一左一右，晃得我眼睛都差点睁不开来。

接着，我就听到了呀呀的声响。那是教堂的门打开了，一道白色的光闪了出来，在那白光的尽头，是一道黑色的身影，音乐响起，两只白色的鸽子从白光中飞了出来，飞向阳光，消失在眼前，只留下两根羽毛在风中飘荡。

教堂里那道黑色的身影也逐渐清晰了起来，是国外神父打扮的模样，蓝眼睛，大胡子，远远地看着燕子，微微一笑，说道，贝贝诺她（中文音）。这是意大利语欢迎的意思。

燕子迎着那道光走进教堂，走到神父跟前，神父对着燕子说了一通意大利语，大概是怕我听不懂，燕子说，神父先生，你能说中文吗？让我没有想到的是，神父居然用中文说道，好的。

然后，我就听到燕子说，她要跟中国男友举行婚礼，希望神父能帮她主持。

燕子的话，惊得我合不拢嘴。当燕子穿着白色长裙走向教堂的时候，我就有了某种预感，但我还是没想到，预感这么快就变成现实了。

此时的教堂里，只有神父与燕子，空荡荡的，并没有其他任何人。但我的耳朵里却嗡嗡的，好像全世界都在关注着这一切。

显然神父也很吃惊，说，你确定你们的婚礼不邀请你们的亲朋好友参加吗？燕子说，婚礼本来就是两个人的事，有我们两个人参加就可以了。神父说，可现在只有你一个人，新郎在哪里？燕子拿起手机说道，他在手机里。然后又跟我说，来，跟神父打个招呼。

好吧。于是，我在手机里跟神父打了个招呼。神父说，刚才新娘说的，你没意见吧？我说，没意见。

虽然我也很想有亲朋好友见证，但以后有的是机会，不是还可以回来办中式婚礼嘛。万一惹燕子生气了，那就没有以后了。

接着，神圣的一幕开始了。

神父问燕子，新娘，你愿意嫁给手机里的那位先生为妻吗？无论他疾病还是健康、富裕还是贫穷，都能始终如一地待他到永远吗？

燕子说，我愿意。

神父又问我，新郎，你愿意娶你面前这位女士为妻吗？无论她疾病还是健康、富裕还是贫穷，都能始终如一地和她走到人生尽头吗？

我说，愿意。我做梦也没想到的事情，居然成真了。

而让我更没有想到的是，这真是一个梦。我是在交换钻戒的时候醒来的，当神父让我们交换钻戒的时候，我才发现，我在手机里，而且也没有准备钻戒，心里一着急，就见一钻戒从天而降，砸在我的脑门上，顿时就醒了过来。我发现自己正靠在床头，嘴角满是口水。

忍不住打了电话给燕子，问今天有没有去教堂。

燕子说，你怎么知道的？我说，你真的去教堂了？燕子说，今天有教堂的神父点了中餐，我给送过去了。我说，就这样？燕子说，那还要怎样？

8

不以结婚为目的的恋爱，只需要享受恋爱的快乐。

而以结婚为目的的恋爱，就要有面对现实的勇气。是的，结婚就是现实，而且是现实中很现实的那一种。这个道理我也略懂，但能亲身体验其中究竟，却是梦到跟燕子结婚以后的事了。

是这样的，我原本也以为，恋爱可以不需要有结果，譬如我跟燕子的异国恋，只要不去想结果，就能保持着这种恋爱的状态，能过一天是一天，至少能过一年约定期再说吧。只是，让我没有想到的是，没过半年，我就憋不住了。

就像是花开过后，结果自来。恋爱到一定程度，也就不可避免地要谈婚论嫁。自然而然，不可阻挡。

当我把跟燕子结婚的梦告诉燕子时，燕子是这么说的，你真想跟我结婚吗？我说，那当然了，做梦都想啊。燕子说，你也只是梦里想想吧。

燕子的话，一时竟把我给噎住了。我没有想到，当燕子真把结婚这个话题摆在我面前时，我居然会失去那种原本以为不顾一切的勇气。

一个赤裸裸的现实就是，如果我真要跟燕子结婚，那也就意味着，我要放弃鹤川的工作跟着燕子到国外去了。

是的，原本以为现实离我还挺远的，但当现实就这么赤裸裸地站在我面前时，我承认，我慌了。

在一个深呼吸之后，我说出了那句自己也不敢相信的话，能让我再想想吗？燕子说，行，那你慢慢想吧。

我能想什么呢？我不知道，我真的不知道。只是稀里糊涂地坐了起来，稀里糊涂地走出房门。

凌晨五点的风吹得树叶哗啦作响，小城的路灯下，一个挂着拐杖的男人，一步一步地向前，方向忽左又忽右，影子拉长又缩短，除了骑着三轮车偶尔路过的环卫工人外，没有人看到他，他也看不到别人。

好吧，这个人就是我。我需要冷静冷静，街上倒是挺安静的，就是感觉不到冷。也不知道什么时候，我终于感觉到了小腿隐隐作痛，于是，找了一处花坛角落，在水泥围栏上坐了下来。

冷从屁股下冒了上来，一些思绪也随之凝固清晰了起来。是的，鹤川是百年侨乡，鹤川人出国更是习以为常，但鹤川人都知道，出国是很辛苦的。在鹤川人的观念里，出国就是为了赚钱，赚的就是辛苦钱。

一个奇特的念头飘了出来，我忽然发现，在鹤川人各种出国的传闻里，竟没有听说过爱情的故事。也有听说不少男女是以结婚的名义出国的，不过出国还是为了赚钱。

记得曾经有这么一个故事，大概是在 20 世纪 80 年代，说我们镇里有个姑娘特别漂亮，十里八乡远近闻名的第一，至于有多么漂亮，就说女方的彩礼要一万元，外号"单万头"。而那时候，一般人家姑娘的彩礼只要一两千。当然，姑娘最后嫁给了一位华侨，以结婚的名义被带出国了。毕竟在那个时代，华侨就是有钱人的代名词。

如此适合爱情的开头，最终也落入了钱的俗套。不得不说，莫斯科不相信眼泪，而鹤川是不相信爱情的。这似乎是一个传统，但传统为啥就不能打破呢？

想到这里，我忽然觉得心里一阵激荡，一个声音瞬间就在身体里回响起来：去打破传统，让鹤川相信爱情吧！

我不由得站了起来，心中已然有了答案。说实在的，我之前之所以犹豫，与近些年来的出国形势也是有很大关联的，主要是随着国外与国内收入差距快速拉近，出国已经赚不到那么多钱了。或者说，钱还是那些钱，一年能赚个两三万欧元，但比较起来，就不像以前那么有优势了。何况，比国内要辛苦得多。特别是像我这种在单位里算铁饭碗的，就算个人舍得，家里父母亲一般也不会同意。

不过，现在我有了爱情的理由，那其他理由就不是理由了。我忽然有了一种莫名的自信，爱情是可以战胜一切的。

我拨通了燕子的电话，燕子有点迷糊，说，有事吗？我说，我想好了，我要跟你结婚，不是在梦里，而是在现实生活中。电话那头沉默了许久，说，让我想想吧。

对啊，燕子还没答应嫁给我呢，也只能让燕子想想了。只是，如果我当时没有犹豫，燕子会不会就答应我了呢？

想到这里，不由得用手拍了拍自己的嘴巴。一次没感觉，又拍了一次，直到第三次的时候，感觉手掌火辣辣地疼。

我知道，燕子是不可能像我一样很快就想出结果的，那就先回去再说吧。

而就在我回去的路上，拐杖被绊了一下，我差点就失足了。还好，我的嘴巴先给顶住了。

9

一失"嘴"成千古恨。这样的结果，让我耿耿于"足"了好几天。

不得不说，说错话的后果还是挺严重的。那只断腿本来已经好得差不多了，那天晚上这么一折腾，疼痛感马上就出来了。

由于刚请了病假回去上班，只能忍痛上班，然后再忍痛回来。还好，回来时疼痛感已经减轻了一点，没有愈来愈严重的趋势。

看着窗外夜色愈来愈浓，一个人躺在床上，忽然想起了丁琳。都是异国恋中人，也不知道丁琳那厢进展到底如何，那就打个电话问候一下吧。

丁琳没有藏着掖着，她告诉我，她的异国恋已经进入了从形而上到形而下的转折期。是的，他们也遇到了恋爱到一定程度就绕不开的问题，谈婚论嫁。

从谈婚论嫁开始，又回到谈婚论嫁，丁琳说，如果他们要继续下去，就必须解决这形而下的问题。她原本以为，她与他有可能会是一场柏拉图式的爱情长跑，没想到这么快就又进入了现实轨道。

我问丁琳有什么打算。丁琳说，她也想了很久，想到了很多出去或不出去的理由，不过在她终于说出想好了要出去的时候，对方却让她暂时不要出去了。我说，为什么？丁琳说，他想回国发展，让我在这里等他好了。

我只能表示恭喜。这双向奔赴的爱，除了羡慕嫉妒拉仇恨以外，对我似乎没有什么参考价值。因此，当丁琳问起我的情况时，我只能半开玩笑半认真地说道，本来我是想跟你一起结伴出去的，现在看来，我只能一个人先出去了。

不过，丁琳的情况还是给了我很大的鼓励。虽说目前让燕子回来发展几乎是不大可能的，但只要我有足够的勇气，出去也不是不可以的。

之前我已向燕子表达了我的勇气，但在现实中，我确实还需要更多的勇气加持。虽然我自认勇气满满，不过身体还是挺诚实的，找了丁琳后，接着又找了大头。

大头已经订婚了。他订婚的日子，就在我摔断腿期间。于是，就这样完美地错过了。记得大头在我摔断腿时曾到医院来看过我两次，之后，我们就没再见面了。这次再见到他时，发现大头不仅人变白变胖了，而且头发也变短了。

坐下来，先干了一杯。敬那一段没有相见的日子。问起我的腿怎么样，我说，没事，能喝酒了。

而问起他小日子如何时，大头意味深长地笑了笑，说，终于不用吃快餐了，挺好的。我说，现在你们谁烧饭？大头说，谁也不烧，在丈母娘家吃啊。我说，难怪啊，吃得都洗头革面了。大头说，那叫改头换面，新生活，新气象。我说，对对对，找了气象局的就是不一样。大头说，要不，让我家那位也帮你介绍一个？

好吧，话题有点跑偏了。那就先喝酒吧。几杯酒下肚后，我终于把想要出国的想法跟大头说了。

一开始，大头表示震惊。大头没有想到，像我这样的相亲主义者，也会有这么深的感情投入。大头说，你这小子，不恋爱不知道，一恋爱吓一跳啊。我说，就许你恋爱百遍不厌倦，不许我恋爱一次像三月嘛。大头说，唉，就怕你这种恋爱一次的，荷尔蒙上脑，什么事都干得出来。我说，说实话，你是不是觉得我太冲动了？

大头微微一笑，又一杯酒下肚后，就以准已婚人士的姿态，为我分析种种现实利弊。看大头头头是道，我深以为然又不以为然。道理似乎谁都懂，但说起来是一回事，听起来又是另一回事。只能是你说你想说的，我听我想听的。

最终，大头还是没有明确得出一边倒的结论。成年人的分析总是那样面面俱到。不过，大头说的其中一番话，还是让我激动不已，大头说，如果我真的选择出去，他会为我写一篇人物报道。

是的，大头是记者，是可以写人物报道的，但前提也得是人物吧。于是，我说，我又不是什么人物，你怎么写啊？大头说，你是不是人物不重要，重要的是爱情，人物只是载体，爱情才是灵魂。

接着，又意味深长地一笑，说，异国恋的故事，鹤川人都喜欢看。

10

可以说，我是收获了满满的勇气后，才敢跟父母叫板的。

当然，说叫板是不确切的，跟老板叫板那才算叫板，跟父母那是喊爹叫娘吧。其实，我只是回一趟老家，然后，力争平心静气地跟父母聊一聊，关于我出国的事宜。

鹤川虽说是侨乡，但华侨出国人员基本集中在西部乡镇，素有"东边种田西边侨，南往北来各自笑"的说法。而问溪村位于东部，出国的人也有一些，相对却算是少的。

对于出国，平常父母亲基本是持中立的态度。面对有出国的人家，会说出国好，华侨家钱赚得来；面对没出国的人家，也会说出国赚的是辛苦钱，也就那个名堂。总而言之，就是站在中间，风吹可以两边倒的姿态。

因此，我对于父母的判断，觉得还是可以争取的。或许会遇到不同观点从而发生争辩，但也不至于过度激烈导致家庭撕裂。

而当我在饭桌上，把想出国的想法吐露出来时，父母第一反应是沉默，然后相互看了一眼，终于还是老妈先开口说话了。老妈说，你想出国？我说，是啊，我想出去看看。老妈说，出去看看也挺好的，那是单位出钱还是自己出钱？

是的，老妈以为我只是出去看看，第一反应自然就是费用问题了。毕竟出一趟国的花销对于我这样的家庭来说，特别是在父母亲的潜意识里，那可是一笔大数目。看来老妈是误会了我的意思，于是，我拨乱反正，说，我想出去赚钱。

去国外看看就能赚钱，有这么好的事吗？老妈还是没明白我的意思，我只能说得更加明确一些，我说，妈，我的意思是，想出去后留在外面赚钱。

你是想出国赚钱？老妈终于明白了我的意思。然后，老妈就急了，她说，我们家虽然没啥钱，但也不是很缺钱啊，你是不是出什么事了？我说，没有，我就是想出国赚钱。

你已经有工作了，就安心工作，我跟你爸有手有脚，不用你担心，出国很辛苦的，就是能多赚一点，也没特别的名堂；再说了，我们在外面，也没有特别亲的亲戚啊，出去了，没人照应也是很难混的。这是老妈的意思，当然也是老爸的意思。在老妈用眼神向老爸征求意见后，老爸也立刻表态，坚定站在老妈一边。

于是，我亮出了底牌，我说，我有女朋友了，她在意大利。

你有女朋友了，是什么时候的事？老妈有点难以置信。我说，谈了快一年了吧。老妈说，那你怎么都没说起啊？我说，以前关系没确定下来，不好说。

你的工作可是铁饭碗啊，出去就没了，你要想好啊。老爸语重心长地说。

那有没有可能，让她回来？老妈则是换位思考。

我表示，让对方回来是不可能的，我已经想好了，把工作辞了就出去。

我不同意。老妈坚决表示反对。老妈没有说理由，只是重重地把碗敲在桌面上。然后就别过头，喘着大气，不再理我。

饭碗在桌面上跳了一下，饭已经吃了一大半多了，筷子压在碗口，发出当当的声响。这意味着反对等级开始升级，不过还在我预想的范围内。

我已经想好了，越是关键的时候，越是不能认怂。于是，我也不说话，默默地吃着碗里的饭，不露声色。

然后，我就看到老妈站了起来，气呼呼地上楼去了。我知道，这是老妈的撒手锏。在她跟老爸以往的斗争中，一旦到了争执不下的关键时刻，她就会躺在床上生闷气，并拒绝起来，包括烧饭、吃饭，直到我老爸求饶认怂。

果然，老爸看到老妈放下饭碗上楼去了，脸色就愈发凝重了。老爸说，你还是上去哄下你妈吧。我说，我不去。接着，我也放出了准备好的撒手锏，我表示，如果不让我出国的话，以后就不结婚了。

最终还是老爸扛下了所有。老爸带着我的态度，上楼跟老妈商量一番后，达成了一致要求，如果我能跟燕子结婚的话，就让我出去。

在出国与不结婚之间，爸妈还是选择了让我结婚、出国。对于这样的结果，我还是可以接受的。现在，只要等燕子给我回复就可以了。

只是，让我没有想到的是，燕子竟给了这样一个答复。

11

男婚女嫁，彩礼不落。所谓传统，全国一统。在鹤川是这样，在全国估计也差不多。

因此，对于彩礼问题，我一直没怎么放在心上。毕竟，大家都存在的问题，那就不是问题了。

尽管，无论是在网络上，还是在现实中，关于彩礼的故事，一再被演绎。因为彩礼引发的惨案，怎一个惨字了得。如果硬要加上一个字的话，那就是好惨。但即使如此，我依旧是事不关己高高挂起，听好惨而觉好笑，闻彩礼如看好戏。

或许，这就是传说中的迷之自信吧。只不过是，再迷的自信也有翻船的时候。是的，当我勇气满满地问燕子的想法时，燕子说，我想好了，不过你得有心理准备哦。我说，放心，我已经准备好了。燕子说，想跟我结婚可以，不过要准备好彩礼。我说，就这么简单，说吧，多少？燕子说，十万，欧元吧。

没想到燕子就这么直截了当地把欧元这个单位说了出来。按理说，十万这个数额不算多，鹤川的彩礼十万出头的也不少，但那是以人民币为单位的。当然，燕子在意大利，说欧元也没问题，问题在于十万这个数额，折合人民币得有七八十万了，对于我来说，这么大的一笔钱，就是一个大问题了。

我说，是你妈的意思吗？燕子说，我的意思，就是我妈的意思。我说，那就是你的意思啰。燕子说，算是吧。我说，那能不能打个折？燕子说，打骨折吗？我说，可以，你想打哪条腿就哪条腿吧。

确实，我以为燕子是跟我开玩笑的。万万没有想到，燕子是认真的。燕子说，我没跟你开玩笑，我是说认真的。燕子这话一下子就把我给噎住了，过了许久，我才说出话来，我说，我不知道你这是什么意思。燕子说，你不是说以前有个"单万头"，是你们那儿的彩魁，那我就凑个十万，彩魁虽不敢当，但这么多年过去了，这价格涨得也不算离谱吧。我说，你这是考验我吗？燕子说，我们的感情还需要考验吗？放心吧，不管你能不能支付彩礼，异国恋的一年之约都将继续，直到期满结束为止。

燕子的话是什么意思呢？看似答应了，又似是拒绝。说让我放心，其实是纠结。

把彩礼定这么高，是想让我知难而退吗？至少在我心目中，她不属于那种物质、世俗的女人。或许，她也明白我的处境，不想让我为难，正好可以用这么一个借口，让我不用那么纠结着要不要出国。

思来想去，觉得还是因为我当时的一口之失，让燕子感受到我的犹豫，也让燕子产生了犹豫，然后生出了要考验我的执念。

是的，考验我的时刻终于到了。如果可以，最直接的通过方式当然是，以最快的速度最短的时间，筹集十万欧元，到时彩礼到账，燕子自然无话可说。不过我也知道，目前我还没有这个钞能力。

就算我求银行搞网贷，找亲戚榨爹娘筹到这笔钱，但如果只是用于彩礼的话，后面的婚礼也是很难继续下去的。

难道只有知难而退这一条路了吗？那段时间里，我吃得没滋味，睡得没滋味，站着坐着也觉得哪里不对味，就这样绞尽脑汁，思来想去，终于还是下了决心，准备先出国一趟，当面表明决心。

当我漂洋过海跨越万里出现在燕子面前时，我相信，燕子会相信我那不顾一切的勇气，原谅我曾经的犹豫。这该死的犹豫，让我心在痛泪却不能流。

不得不说，异国恋就是升级版的异地恋，最大的问题就是距离，对于这种情况，没有什么问题是一次面对面解决不了的。当然，如果一次解决不了的话，那就再来一次。

我想我是不需要第二次的，第二次的话，我就会留下来了。

当然，异国恋跟异地恋也还是有区别的。最大的区别在于，出去一次是很不容易的。距离倒不是关键，关键除了钱，我还得办一个旅游签证。护照我已经办好了，在燕子出去没多久，我就申请办了护照。那时候还没想到今天的事情，只是莫名有一种感觉，办了护照就有一种能保护燕子的感觉。

咨询了旅游公司，办旅游签证并不难，还可以委托他们办理，大概一两个星期就可以下来了。

当然，还有钱的事，跟旅游团出去的话，要两万元左右。由于我合伙买了房子投资，一时也无法套现，手头还是很紧的。不过，两万元钱的话，咬咬牙，想想办法还是能筹出来的。

为了燕子，那就拼一把吧。而就在我准备好一切的时候，却发生了一件让我意想不到的事情。

　　是这样的，暖州的一位领导干部因为身体原因滞留在国外，引发了网络舆情，结果全市公务人员出国都被限制，不再被批准了。而单位里，更是要求把护照上交统一管理。

　　这一下子，瞬间就把我打懵了。按目前态势，一时半刻是办不了出国手续了，也不知何时才可以办理。而我唯一能做的，只有等待。

　　但什么时候能放松呢？我不知道，也没人知道。或许能赶在异国恋约定时间结束之前，或许，就没有或许了。

第五章

1

假装什么事都没有发生过，那是不是就可以假装回到以前。然后，假装日子一天天地过去，假装没有假装一样？

是的，从某种意义上来说，假装是一种心态成熟的表现，可以在情感上，也可以在工作上。那天上班的时候，科长开会去了，张副局长让我们科室把一份统计材料给她送过去，看着大家假装很忙的样子，也只能是我给送过去了。说实在的，在假装能力上，我的表现不算出众，只能说是一般一般，科室第三。当然，科长不在，副科长代劳也是顺理成章的事。

张副局长瞄了眼表格，并没有跟我说统计的事，而是问我懂不懂电脑，她的电脑忽然开不了机了。我表示略懂一二，假装很专业的样子，上去鼓捣了一番。

最终发现，电脑开不了机，只是因为连着主机的一个插头松了。我把插头给按实了，试了一下，电脑就可以开机了。

对于张副局长的口头表扬，我假装淡定，说是主机线路接触存在一些问题，我也是瞎猫碰见死老鼠才发现的。我没有直接说是插头问题，怕会让张副局长觉得尴尬。

完事后，我转身走出办公室，不由得长舒了一口气。也不能说是社恐吧，但说实话，在领导面前感觉还是有点紧张。

张副局长看起来有点高冷，但对待工作还是很认真的。刚走到办公室门口，张副局长又叫住我，对我交代了一番，说，你们科室年轻人多，跟他们强调下，护照的情况一定要如实上报，最近就不要想着出国旅游了。

鹤川是侨乡，单位里的人办理护照也是比较普遍的事情。自然，在出国管理这块也就会更重视一些。

真是哪壶不开提哪壶，虽说我心里很是不舒服，但嘴上也只能说好好好，摆出一副坚决执行的姿态。

好吧，话都说到这里了，除了假装我还能怎样呢？

只是，假装并不是好受的事情，在工作上熬熬也就过去了，而在感情上，憋在心里，就不是滋味了。

假装燕子没有跟我说过订婚彩礼的事；假装我们还是像之前

一样，只是谈一次正式的异国恋。但不管如何，有些事情发生过了，就是发生过了。再怎么假装，也毕竟是假装。

那天在电话里，燕子跟我说，她现在老是被人追着要债，麻烦大了。我吓了一跳，说，你欠谁钱呢，多不多啊？燕子说，我欠的不是钱，而是一顿饭。我说，你不是开饭店的吗，不至于吧？燕子说，其实啊，我就开了个玩笑，没想到人家当真了。

听了燕子的解释才知道，就一意大利老头，经常到燕子的餐馆吃饭，有次问起中餐什么最好吃，燕子说起了鹤川的汤菜笋，还随口开玩笑说，下次请他尝尝味道。没想到这老头当真了，每次过来吃饭就问，什么时候能尝尝汤菜笋的味道。

类似在国外请人吃饭的段子我也有听说过，没想到在燕子身上上演了。确实，在鹤川说下次请你的意思，大概就是随口一句客套话而已，但在国外往往会让老外信以为真。

汤菜笋是鹤川一道脍炙人口的美味，说起米基本都知道，但做得好，就是在本地也是有难度的，更别说是在国外了。原材料必须是鹤川出产的冬笋与汤菜，烹饪时的火候把握、鲜味调理，别说一般人，有时连酒店大厨也未必能拿捏到位。

不免有点幸灾乐祸，问燕子准备怎么办，燕子说，凉拌呗。我说，汤菜笋可是鹤川名菜，你可不能乱来搞砸招牌啊，特别还是搞到国际上去。燕子说，你以为我会给他上汤菜笋吗？他愈想吃，我就愈不给他上。我说，你这不是吊人胃口嘛。燕子说，我们开饭店的，不就是要吊人胃口嘛。我说，想不到你才出去没多久，就变成奸商了。燕子说，虽说是无商不奸，但不许你说我奸商。我说，那应该说什么？燕子说，请叫我，干练的女商人。

燕子说到这里的时候，就忍不住笑了出来，一时半刻，都没有停下来。

然后，我也忍不住笑了。其实，这事也没那么好笑，但也不知道为什么，我们俩差不多都笑岔了气，笑得没力气了才停了下来。

更不知道为什么，这次大笑之后，似乎又回到了谈婚论嫁之前，心里不再有那种说不出来压在那里的感觉，总而言之，就是痛快了。

确实，一吐为快，没有什么比一次大笑吐得更加痛快了。

2

又快到燕子的生日了。

我很想给燕子一个惊喜，但我实在想不出来怎么给燕子惊喜。记得上一次燕子生日的时候，我是频繁翻车，惊喜连连。但现在，我们相隔万里之遥，准确地说，是接近两万里，这么远的距离，就是我想翻车，估计也无法让燕子感到震动，更别说惊喜连连了。

　　还是燕子自己解决了这个问题。那天燕子跟我说，准备过两天带我去威尼斯逛逛。我说，过两天是几天？燕子说，过两天嘛，自然就是第三天了。我掐指一算，第三天正好就是燕子的生日。

　　那也就是说，燕子已经安排好了自己的生日。看破不说破，那我跟着眼游就是了。

　　水城威尼斯的大名，在教科书里早已得知。以至于一听说，就有一种湿漉漉的感觉，从心里漫到整个身体。不过，书本里的印象，跟眼游看到的还是不大一样。

　　这座水上城市，借燕子的手机镜头看过去，两万里瞬间就被拉到眼前，眼睛瞬间就有了在场的感觉，连那湿漉漉也有了温度，从燕子身上流淌出来。

　　也是跟燕子说起才知道，威尼斯是一个小群岛，燕子要带我去的则是主岛。为了保持所谓神秘感，也算是给我一个惊喜吧，燕子上岛后才打开手机跟我视频。

　　看到燕子在街上走着，时不时还蹦几下，我感觉威尼斯就在手机镜头里摇晃了起来，几乎没见高楼大厦，随处可见的多是类似教堂式的建筑，红黄青白相间，像是婀娜多姿的舞者，跳到你的心里去。

　　而镜头转到了运河边，水的感觉马上就从我眼睛里灌了进来，水流的两边就是房子，房子则是从水流里长出来的，不动声色中，声色已在心里翻涌。

在鹤川县城，也有一条河流从中穿过。看着有点类似，却又给人两种完全不一样的感觉。其间的分别我难以具体说清，就听到燕子对我说，她要带我去水上荡荡。

水上游船来往，大多是各种机动的，燕子指着一条又长又窄、头尖尖还翘上天的木船，兴奋地说，那就是威尼斯的贡多拉，只有坐过贡多拉，才算是真正到过威尼斯。

确实，那是很独特的存在。挤在一众机动船中，哪怕是低调不作声，也一眼就能看到那身上发着光的诱惑。

终于，燕子带着我坐上了一条贡多拉，票价有点贵，一张船票折合人民币要好几百，当燕子把船票上的数字晃到我面前时，我就忍不住拿下眼镜擦了擦眼睛。对，我得擦亮眼睛好好地看一看，毕竟这是花了钱的，多看一眼就是赚回一点。

其实，我不是财迷。之所以对钱的数字敏感，只是因为习惯性缺钱才敏感。事实上，为了燕子的生日，我也是做了准备的，甚至，还付出了金钱的代价。

记得那天路过天意楼时，发现门口竟贴着转让通告。说是老板娘要出国，我猜应该还是生意不好的缘故，不由得感叹，这世界变化实在太快了。

燕子去年的生日就是在这里过的，那今年我还能不能在这里为燕子过生日呢？这个念头一生出来，我就感觉收不回去了。

进入店里，见老板娘在，就问还有没有营业。老板娘说，过两天就关门不开了。我说了个日期，就是燕子生日的那天，问那天还开不开。老板娘说，不开了，我们跟员工某某号就结工资了。

某某号恰好是燕子生日的前一天。我说，能不能再开一天？老板娘说员工都走了，怎么开？我说，那能不能再给员工加一天工资，钱我来出，行不行？老板娘说，你是有什么重要活动吗？我说，也不能说是重要活动，我就想那天在你这里的大厅里喝个酒。老板娘说，几个人？我说，就我一个人。老板娘说，哦，是失恋，还是怀念？我说，怀念吧。

或许，是我的真情打动了老板娘，老板娘表示愿意再多开一天，员工工资就不要我出了，到时除了消费外再加个水电费就可以了。还以为水电费是个零头，没想到老板娘却说了个让我肉疼的价格，又想想反正全场都是本公子买单，只能咬牙同意了。

算好了时间，当燕子到达威尼斯的时候，我也跑到了天意楼。老板娘没有骗我，她就在店里。六点多时，整个大厅就我们两个人，看在钱的分上，人家更是亲自上阵还身兼多职。

灯光已经打开，啤酒与零食端上，满上一杯，坐等燕子电话到来。终于，电话响起，接通后，燕子告诉我到威尼斯了，我则跟燕子说，你知道我在哪里吗？燕子说，你搞什么鬼，怎么这么黑啊？我说，我在天意楼。燕子说，你去天意楼干什么啊？我说，去天意楼，当然是天意了。

我没有刻意提起天意楼是燕子去年过生日的地方，但我知道，燕子一定已经想起来了。

如果说一切都是天意，一切都是命运，终究已注定，但不管如何，那些有着共同回忆的地方，总是会给人温暖的。而我能做的，也只能把这样的温暖当作礼物，在燕子生日的时候，默默地送上。

威尼斯的水道，其实就是街道。贡多拉穿行其中，我能听到划水的声响，还有划船的老人不停地说着，应该是在介绍眼前的景点。

燕子也会指给我看，告诉我这是哪里，那是哪里。划到一处，燕子特别兴奋，指着前面，说，你看，叹息桥。

我放下杯子，顺着燕子的指向看了过去，见就是水道上两排房子之间，一座像是门拱的桥，把两排房子连在一起。

燕子说，她特别喜欢叹息桥这个名字，有我们奈何桥的味道。一声叹息，无可奈何，见证了人世间的很多人很多事。

名字听了是有点伤感。我也是百度后才知道，叹息桥连的是曾经的总督府与地牢，被判了重刑的死囚，就是通过这座桥被送进监狱的。如同下地狱，一去不复返，难怪要叫叹息桥了。

有意思的是，这么一座桥，也被赋予了浪漫的寓意。据说，当你坐着贡多拉通过桥下时，去拥吻你所爱的人，你们就会永久不分开。

离叹息桥愈来愈近，我跟燕子说，我给你唱首歌吧。燕子说，你什么时候学会唱歌了？我说，放心，为了这首歌，我已经苦练很久了。燕子说，好，那就听听看吧。

于是，我选好伴奏开始歌唱，祝你生日快乐。是的，我要在贡多拉通过叹息桥的时候，给燕子唱这首歌。

没有预谋已久，只是一时兴起。我没有想到，我已经胆子大到，当着燕子的面唱歌了。

燕子把手机放在耳边，我看不到她的表情，但我很快就知道，我唱得真不怎么样。是这样的，燕子把手机从耳边拿开，问我唱好了没有。我说，才唱了一段呢。燕子说，那后面的就一刀两断吧。

燕子这么说，我还能怎样。我说，好好好，后面的以后我再给你续上吧。燕子说，行行行，以后的以后再说吧。

我知道，我又翻车了。就在这时候，我听到了一阵吆喝声。镜头晃动中，我恍惚看到一对男女拥吻在一起。

良久，我问燕子，今年的生日愿望是什么？燕子说，不告诉你，说出来就不灵了。我说，那能透露一点点吗，譬如，有没有一点点关于我的？燕子说，有那么一点点吧。

那么，一点点是多少呢？

3

其实，我的生日与燕子的生日隔得并不远。她是这个月，我是那个月，算是背靠背的月份。倒是我们的年龄，差了六岁。

当然，是我比燕子大六岁。男比女大六岁，按我们那里的说法，叫大六。也不知道为什么，本来是六顺的，大六在我们那里却是不吉利的。不过，这样迷信的说法，打死我也不会相信的。

好吧，这跟我的生日已经没有关系了。我的生日，准确地说，是我今年的生日，还是燕子先提起来的。

与往年差不多，我并没有注意到我的生日即将到来。那天，燕子说，过两天就是你的生日了吧？我说，啊，你怎么知道的？燕子说，某人能记住我的生日，我当然能记住某人的生日了。

虽说是礼尚往来，你记我的，我记你的，不过对于燕子能记得我的生日，我还是感到相当意外。大概除了我家人外，燕子是第一个记得我生日的。那是不是意味着，燕子就是我的家人呢？倘若问起我有什么生日愿望，其实我的愿望很简单，那就是能够跟燕子在一起。

不过，我也知道，跟燕子在一起，只能是一个愿望。愿望是什么，愿望就像一个足球，可以脚踢，可以胸停，可以头顶，可以贴地斩，可以世界波，可以单刀赴会，还可以蝎子摆尾、倒挂金钩、圆月弯刀、梅开二度、帽子戏法……这都很美很好，但我就是不会，不配拥有。

是的，我不知道为啥会想到足球，而想到足球后，就想到了米兰。不是哪个女人的名字，而是意大利的著名城市。在这个城市里，有两个世界闻名的俱乐部，一个叫国际米兰，一个叫AC米兰。还有一个绰号"外星人"的球员，在这两个俱乐部里都踢过球。

是的，他就是大罗，也是我青春期的偶像。虽说我的确已过了青春期，却还是有那种藕断丝连的感觉。说实话，青春期时我连足球都没踢过几脚，但不妨碍我喜欢绿茵英雄，调侃中国足球。就像是我的青春，大罗虽然退役了，不过在我的心里，一直没有褪去。

最终，当着燕子的面，我表示，我的生日愿望就是能去米兰看看大罗曾经踢球的地方。当然，我人是去不了意大利的，所以我对燕子说的意思其实就是，如果燕子有去米兰的话，那就带我去眼游眼游，过过眼瘾。

面对我这样的要求，燕子深感惋惜，她说，米兰可是世界闻名的时尚之都，在你们男人眼里怎么就是一个球啊。我说，地球也是一个球啊，难道有谁不喜欢吗？燕子说，好啊，既然你这么喜欢球，那就滚吧。我说，好好好，我滚还不行嘛。

当然，我没有真滚，毕竟我不是球。不过在球这个话题上，鉴于我们分歧较大，自然也就无法继续下去了。

而让我感到意外的是，燕子之后没有再提起球这个话题，却在两天之后，给了我一个大大的惊喜。

两天之后，是我的生日。头一天老妈还打电话问我，生日要不要回去。我说就不回去了，生日我会吃点好吃的，让她放心。到了那天中午时分，我就收到了单位送给我的花，捧着花，却感觉有点沉重。

记得去年生日的时候，我好像是把花给吃了。那今年的花，我还要不要吃呢？我把花捧到房间，就感觉是捧了一个炸弹，心情忐忑不安。

晚上的时候，不由自主地，一个人就到了老电影院门口。是的，那不是去看电影，而是去吃夜宵。想给大头打个电话，又想到大头现在是被判了准"有妻徒刑"的人，最终还是没有把电话给拨出去。

又想了想，一个个人物在我脑子里划过，竟找不到一个单身的朋友陪单身的我一起喝点小酒。

自己的生日自己过，一个人喝酒其实也不错。一杯啤酒入肚，几粒花生米数起，燕子在我脑海里飞过。是啊，燕子又在忙啥呢？两天前还提起我的生日，现在怎么反而没有消息了。

燕子会不会忘了我的生日呢？不应该啊。那是不是惹她生气了故意惩罚我？谁让我不会踢球还提球的事，现在好了，不知要滚哪里去了。

喝得有点上头了，得回去休息了。晃晃悠悠中，觉得手机响了，拿起来一看，什么来电也没有。看了看信息，也没见有燕子来信息的未读显示。

躺在床上，迷迷糊糊地，听到手机响，惊起，一看，快十二点了，显示正是燕子打过来的视频电话。

还以为是在做梦，揉了揉眼睛，接了起来，就被眼前一幕给震惊了。第一眼看到的是燕子的半张脸，而让我震惊的，是半张脸外屏幕的另一半，能看到后面有人头攒动，不少人身上还穿着让我眼熟心跳的球衣，那是足球比赛现场观众席里才能看到的情景。

球场声音有点嘈杂，燕子几乎是喊着说的，看，这是什么？我说，这是米兰的足球场吗？然后，燕子把镜头转了过去，于是，手机屏幕里就出现了绿茵场。

音乐响起，是双方球员进场的音乐。这熟悉的音乐，曾在体育频道里一次又一次响起，但从现场传来，那又是完全不一样的感觉。恍惚身临其境，胜似身临其境。

燕子竟为了我，去米兰看足球比赛了。是的，一定是为了我，不接受任何反驳。原来，她不愿意跟我谈球只是烟幕弹，目的就是到时结果反转，把惊喜拉满。

听不懂球场大喇叭里卖力吆喝的是什么意思，但能感觉整个氛围感已经爆棚上头。看了两队出场球员的球衣，竟然是国际米兰与 AC 米兰的比赛，同城德比。

可以说，这两支球队都是我喜欢的球队，因为大罗就先后在这两支球队里效力过。现在大罗虽然已经不在里面了，但能以这样的方式看到这两支球队的比赛，也确实让我激情难耐。是的，我的激情已经燃烧起来了。

随着球队开球，比赛开始，我的一颗心也就被吊了起来。其实我并没有偏爱哪一支球队，我只是渴望能够看到进球，渴望看到进球后整个球场被点燃起来的激情，包括燕子的激情，当然，还有我早已熊熊燃烧的激情。

燕子把镜头对准了足球。足球滚得飞快，看起来有点模糊，还有点卡顿。但现场的呐喊声，加上我的脑补，这场球赛反而有了一种更特别的精彩。当现场激情被顶到一个高潮时，我就觉得是进了一个球，也不管是不是真进了球。

从来没有一场球赛，是我觉得进球了就进球的。但这一场球赛是例外，是一场专属于我的比赛。或者说，是专属于我的礼物。而且，还是在我生日的这一天。

确实，我是在感动与激动的双重情绪下观看了这场球赛的。球赛的结果已经不重要了。甚至，有没有结果都不重要了。

记得燕子在挂断电话前，跟我说了一声，生日快乐。

我已经不记得那时球赛有没有结束，只是看了看时间，已经深夜两点多了。

虽说按中国时间，我的生日已经过去了，但在意大利，却是刚刚好，是可以吃蛋糕说祝福的时候。

4

大头要结婚了。日期是五月二日，五一长假期间。

作为大头的老友，不出意外地，我成了伴郎。做不了新郎，做个伴郎也是不错的，至少，都是郎吧。

确实，三十岁的我，早已不是少年郎了。除了还看不到希望的新郎，以及要付出掏腰包代价的伴郎外，估计也只能做个动口不动手的色狼了。

结婚是喜庆的，自然也是欢乐的。而作为伴郎，除了洞房外，基本可以见证整个喜庆欢乐的过程。

大头跟我一样，老家都是乡镇的。不过大头在县城买了房子，工作地点又在县城，自然婚房就布置在了县城。但他家里人为了图热闹，喜酒就选择在老家办了。这样的话，整个流程就有点曲折了。

据说，这结婚的日子还是听从女方意见定下来的。不由得严重怀疑，是来自气象局新娘邱淑静的选择，五月一日还是阴雨绵绵的，五月二日那天忽然就云开见日了。

早上七点半左右，我就坐着财旺的车赶往大头老家集合了。大头老家在四水镇，县城开车过去要半个小时左右。路上，财旺感慨万千，说，我还以为大头是万花丛中过，片叶不沾身的高手，想不到这小子这么快就放下屠刀立地成"婚"了。我说，是啊，高手的世界我不懂，也不配懂啊。财旺说，那你有没有什么准备？我说，我好像已经准备很久了，又好像什么也没准备啊。财旺说，能准备于无形之中，也算是高手了。我说，高个头啊，我现在都低到尘埃里去了。财旺说，其实男女的事，无所谓高低，搞到手就可以了。

一路说笑着，八点左右，我们就赶到了大头老家，与一班朋友集合。见到了不少老友，有些好久不见了，嘻哈着，感慨着，有些朋友走着走着就散了，但碰到喜事，就又会聚在一起。

九点左右，新郎大头就带着迎亲队伍出发了。红色婚车打头，一行轿车组成车队跟在后面，而作为伴郎，我也在其中一辆车上，与新郎待遇共享。

说实在地，普通人一辈子大概只有两次机会能享受车队接送，一次是结婚接新娘，再一次就是前往火葬场了。也难怪，新郎可以称为官。官哪，除了传说中的微服私访外，都是讲排场的。

有意思的是，新娘邱淑静的家就在县城。对于我来说，便是从县城出来，又回到县城去了。当然，我只是一个伴郎，伴郎如扮猪，扮猪算头数，无非凑个数字而已。伴郎的感受，可以直接忽略不计。说夸张点，整个婚礼，新郎是一切，一切为了新娘。

到了新娘邱淑静家，迎接我们的就是一阵鞭炮声。新娘是不会出来迎接的，她会把自己关在闺房里，等待新郎前去迎接。邱淑静家是落地房，邱淑静的闺房在三楼，楼梯上有七大姑八大姨以及一群孩子把守，不能强行动手，只能用红包开路。到了闺房门外，大门里还有伴娘刁难。当然，伴娘可以交给伴郎来对付，红包往门缝里一塞，伴郎就起哄着冲进去了。

献花，求婚，承诺，该有的仪式都有了，该走的流程都走了，那就打道回府吧。作为伴郎，我跟在新郎的后面，又看到了感人的一幕。

临走时，新娘邱淑静竟抱着她母亲哭起来了，哭得让人心酸不已，感慨万千。按老传统说，嫁出去的女儿泼出去的水，流流眼泪那是必须的。

　　我也略知新娘邱淑静家的一些情况，她还有一个哥哥，出国多年，这次妹妹结婚他也回来了，但在平时，基本是将她当独生女看待的。之前大头都是在丈母娘家蹭吃蹭喝的，估计接下来，还会继续蹭下去。于是，这场景在我看来就有点怪怪的。

　　见怪不怪，其怪自败。迎亲回来的路上，还是比较顺利的，不能说是畅通无阻，但基本也是小阻即通。有听说一些乡镇，拦亲成了拦路，不给多少中华香烟就不给过去，为了不给"过路费"，甚至有半夜过去把新娘"偷"回来的。

　　终于回到新郎大头家，进家门时，自然又是烟花爆竹一通打。打的是喜事临门，打的是喜从天降，打的是独喜喜不如众喜喜。

　　接下来就是喝喜酒了。喝喜酒时，新郎新娘是要敬酒的，差不多二十来桌，要一桌桌敬下来，再加上个别桌有闹酒的，就需要伴郎发挥陪喝作用了。不过大头考虑到我的酒量，没有叫我当首发，让我先替补着，万一他们顶不住了，再上场。这让我不由得松了一口气。

　　一桌桌敬下来，大头喝得有点高了，但人逢喜事精神爽，还是能做到晃而不倒。晚饭喝了点稀饭汤后，一群朋友又开着车回到县城，把新郎新娘送进洞房，也就是大头的婚房，再热闹一番。

　　闹洞房不免有少儿不宜的言行，故此处省略两百五十字。据说新娘已经有孕在身，那就早点休息吧。当把新郎新娘送入洞房后，还要放两个烟花以示庆祝。而我作为伴郎，新郎的亲密战友，在新郎浴酒奋战时没有上阵助战，心有惭愧以图弥补，便自告奋勇担此大任。

大头的婚房是新开发不久的楼盘，后面就是一大片菜园，正是放烟花的好地方。

摆好位置，点火，撤退，仰头，只见夜空中烟花盛开，绽放，熄灭，又绽放，熄灭，直至悄无声息，夜色茫茫。

茫茫夜色中，我又想起了燕子。在鹤川，这是一场普通的婚礼。如果我与燕子也能举行这样一场婚礼，那又会怎样呢？

做了一个深呼吸，尽量让心情平静下来，不敢做太多的想象。是的，有些事不能想太多，想多了就是徒增烦恼。对于我这样的瘦子来说，增肥可以，增烦恼不行。毕竟，再瘦就要命了。

那天，我没有跟燕子说起大头结婚的事，也不知道怎么地，竟说起了鹤川的房价。

这几年来，由于诸多华侨喜欢在鹤川买房，鹤川房价嗖嗖地往上涨了不少，差不多追上市里的个别区了。就像是放烟花，不少鹤川人都觉得脸上有光，看起来很美。但对于我这样还没有买房的人来说，光就是光火的光，美就是倒霉的霉了。

要是当初我们几个人合伙在鹤川投资房产该有多好啊，不过这世界上是没有后悔药的。大头由于结婚、装修手头紧，也多次建议，把上海那边房子给卖了。目前，房子已经挂牌，只等出售了。我们的要求是，不求赚钱，不亏就行。但即便如此，房子还是少有人问津。

是的，说起房价，气就不打一处来，不过在燕子面前，我还是稍做掩饰，尽量心平气和，我说，都是你们华侨惹的祸，害我买不起房了，你可要赔我啊。燕子说，行，到时候我买一套，租给你住吧。我说，最近我的胃不大好，不能吃硬的，能送我一套吗？燕子说，啥，你还想吃软饭啊，那我租给别人好了。我说，别别别，还是租给我吧，你的房子怎么能让别人住呢。燕子说，这还差不多。我说，你说话可要算数啊。燕子说，你就等着吧。

5

时间过得真是太快了，而且是愈来愈快的感觉。不知不觉地，掐指一算，我与燕子的异国恋就要满一年了。

此前，我也想让时间过得慢一点。都说等待会让时间变慢，我便试着去做一些等待的事情。譬如，试着等待下班，等待周末，等待国庆长假到来，甚至还特意去等待一个工地房子落成。

在等待中，我能感觉到，空气会变得不那么紧张，呼吸会有点膨胀开来，一秒也会被拉长那么一点点。但一天天地，还是那么过去了。

我还试着让自己回到从前，都说从前慢，车、马、邮件都慢，一生只够爱一人。只是，怎么回到从前呢？车呢，都上高速了，更别提轻轨。马呢，我只在海边沙滩上见过，坐一次五十元，贼贵。邮件呢，倒还是可以说得过去，至少比顺丰快递慢多了。

是的，我想到了给燕子写信。把想的铺在白纸上，把念的写在黑字里，然后塞进信封，漂洋过海，跨越两万里的距离，去告诉燕子，一生只够爱一人。我甚至准备好了纸与笔，还装模作样地坐在桌子前，酝酿许久，却一个字也没有憋出来。

确实，我已经丧失了写信的能力。或许，在我们学会用手机沟通的时候，就失去了这种能力。取代总是悄无声息的，文字还可以书写，但情绪已无法酝酿了。

阻挡不了时间向前的脚步，更无法回到从前。既然如此，那就选择难得糊涂吧。

日期愈来愈近，内心慌得很，赶紧自我催眠进入糊涂状态。我是这么想的，只要我不说，燕子说的我不听，那就无所谓到期不到期，那我们的异国恋自然就可以继续下去了。

都说时间能够改变一切。或许到了一个时间，公务人员出国管理就放松了，我也投资有方赚着钱了，爸妈想通后主动支持我出去了，甚至燕子的生意也做到国内了，那我与燕子之间所谓的阻碍、隔阂，不就都可以迎刃而解了吗？

想象总是美好的。就在我想着蒙混过关、忐忑不安的时候，燕子终究还是在聊天中提起了这件事，燕子说，再过两天，就是我们异国恋一周年了。我没有说我不听我不听，愣了半晌还是感慨道，不会吧，有这么快吗？燕子说，是啊，时间过得可真快啊。我说，要不我们延期吧。燕子说，不要。

也不知道为什么，还是出于何种心理，对于燕子说的不要，我竟然没有继续去要求。不是说女人喜欢说反话，不要就是要吗？我应该甜言蜜语、撒娇卖萌、死缠烂打、扭转乾坤的，却在那个瞬间，忽然有了一种被放空的感觉，在长长叹了一口气后，说道，好吧。

结果早已注定。从一开始，我就应该知道这个结果的。那究竟是从什么时候开始的呢，是燕子代替丁琳来相亲的时候，还是燕子让我去天意楼喝酒的时候，是燕子出国的时候，还是燕子答应跟我异国恋的时候？

大概只是我不愿意承认而已。我心里住着一个他，他是感性的，他是痴情的，他是不顾一切的，他是勇往直前的。但我还是我，我是理性的，我是现实的，我是瞻前顾后的，我是计算得失的。

终究还是我占了上风。只是我不愿意承认这样的我。一个念头突然在我脑子里爆炸开来，在我与燕子约定到期时，我要用一场烟花做个了结。或许，也是一个开始吧。

想好了，地点就选在老家。老家没有人管放烟花，当然这不是主要原因。主要原因还是，我想让燕子看一场我家的烟花，一场我亲自为她放的烟花，也算是弥补上一次的弄虚作假。

而对于我这次回家，爸妈似乎有点意外。不是周末，也不是节假日，我对老妈说，我没事，就是想回来住一夜。老妈说，你真的没事？我说，放心，我真的没事。老妈说，没事就好，有事一定要跟家里说啊。我说，好好好，我知道了。

我是包车回去的。在县城买烟花的时候，我还托了点关系，才找到了一个卖烟花的老板。我买了十一箱，自然是想讨个好彩头，老板打了折，还表示可以送货上门。不过，在掏钱时还是有种心痛的感觉。那是我希望拥有的感觉。

正好家里也没啥人，快速卸货搬到杂物间没多久，老妈就从山上拔菜头回来了。问了一番后，见我没啥事，便去厨房忙碌了。

吃晚饭的时候，老爸也有问起，不免又搪塞了一番。吃完晚饭后，我就回到房间，开始掐点等待。根据两地时差，我把放烟花的时间，约定在凌晨五点左右，意大利时间十点左右。这个时候，我这边天色还是漆黑的，燕子那边也已经忙完了。

在闹钟声中，我惊醒了过来。整个晚上，一直觉得没有睡着，直到醒来后才知道，该醒醒了，要开始行动啦。

这次天公很作美。没有雨下，只有风吹，不大，一丝丝地往脖子里钻。

从杂物间搬出烟花，在屋门前的一块空地上，排成一个心形，又酝酿了一番情绪，然后拨通燕子的电话，还好，那边及时接了起来。上次放烟花的糗事，我已经跟燕子说了，这次，我跟燕子说，你看到什么没有？燕子说，乌漆漆的，搞什么鬼啊？我说，你别急，先等一等，千万不要挂手机啊。

确定燕子不挂手机后，我用准备好的打火机点燃烟花，一个接着一个，沿着心形转了一圈。当我点燃最后一个烟花时，第一个烟花已经开始发射了。

虽然手忙脚乱有些狼狈，但还是以最快的速度，跑到一边，举起手机，对准那漫天的烟花。

烟花绽放，此起彼伏，那一刻，它们是夜空中最闪亮的存在。这也是一个直男最后的浪漫，在一场异国恋的最后时刻，用尽全力，不顾一切。

繁花终将落幕，如同我与燕子的这场异国恋。当最后一朵烟花绽放过后，便是无穷无尽的虚空。看着眼前烟雾缭绕，我久久无法说话。终于，还是听到燕子跟我说，这是我看到的最美的烟花。我说，如果你想看的话，下次我再放给你看啊。

沉默了好一阵子，燕子说，烟花很美，但我们要结束了，我

得把你拉黑了。我说，不拉黑行不行？燕子说，不行，结束就要
有结束的样子。接着又悠悠说道，其实，如果不拉黑的话，我怕
我控制不了自己，又找你聊天。我说，聊天又不犯法，聊就聊呗。
燕子说，再聊下去，就是吸毒上瘾，走不出来了，难道，你希望
我们这样下去吗？

无言。终于，燕子说，谢谢你陪了我这么久，再见了。然后，
屏幕一黑，什么也看不见了。

我以为只是手机黑屏了，手忙脚乱地拨拉了一番，盯着燕子
的头像，不甘心地又发了个微笑表情，才发现，已经被拉黑了。

6

没有想到，我还会遇到燕子。那已经是两年后，在她奶奶的
葬礼上。

记得燕子奶奶曾经问我，麻将，你说我死了以后，是上天堂
还是下地狱啊？我说，奶奶，您还年轻着呢。燕子奶奶说，麻将，
你是在哄我开心吧？我说，没有没有，您麻将打得这么利索，比
我还好是不是？燕子奶奶哈哈一笑，说，你这话说的，比你麻将
打得好多了。

是的，我没有想到，麻将还打得这么利索的奶奶竟然走了。
跟燕子断了联系后，跟燕子奶奶的联系并没有断，偶尔有空，我

还是会过去看看，遇着了就聊会天，三缺一时还会凑一桌。

知道奶奶去世的消息，也是很突然的。是冬天的时候，天气冷得让人直跺脚，觉得应该去看看燕子奶奶了。我的奶奶在我小时候就已故去，跟燕子奶奶见多了，便有了一种自己奶奶的感觉。

之前几天，一个工地的货用电梯出事了，造成了人员伤亡，属于重大安全事故，一直忙碌着，而等我过去看燕子奶奶时，就发现屋前场面不对了，分明是有人去世的样子，一问，才知道去世的就是燕子奶奶，说是在睡觉时走的。

鹤川的风俗，人去世后，一般不急于马上送殡仪馆，通常会停放在家里，等道士挑好日子做好法事才送去火化，然后再出殡。

听到燕子奶奶去世的消息后，我还是有点恍惚的。恍恍惚惚地，我就走进了灵堂。灵堂就设在一楼，我们原来打麻将的地方。

这是我最后一次看到燕子奶奶了，她静静地躺在七星板上，连头到脚蒙着一条大红花缎棉被，姿势笔直而僵硬。

我给燕子奶奶鞠了三个躬。其间，我没有看到燕子，她应该是在国外，还没来得及回来。我没有继续留下来守灵，毕竟我也不知道以何种身份留在这里，转身走到边上的一家拉面店，要了一碗拉面，两瓶啤酒，一个人喝了起来。坐在拉面店里，从玻璃门看出去，远远地可以看到燕子奶奶家的门口。

第二天晚上，我又来到了那家拉面店。我想以这样特别的方式，给燕子奶奶守一守灵。刚在店里坐下来不久，就看到一辆出租车从门口驶过，然后慢了下来，停在燕子奶奶家门口。

远远地见着有人从车上下来，接着就隐隐听到了哭声。来人应该是燕子奶奶的至亲。我想到了燕子，感觉就是燕子她们从国外回来了。

火化的时候，我来到了殡仪馆。我想送燕子奶奶最后一程。早上八点还没到，风冷得刺骨，我站在前来送别的人群角落，看到燕子就站在一群披麻戴孝的人中，她的样子其实我看得不是很清晰，但凭着感觉，我还是能确定她就是燕子。

我不知道燕子有没有看到我，应该是没有。也不知道是为什么，看到燕子后，我就不由得长长舒了一口气。

火化后，把骨灰接回家，再做一个简短的法事，就要送上山了。当然，我没有跟着去，我只是目送着燕子奶奶的骨灰上车，远去，消失。

我已经忘了，自己是怎么从殡仪馆回去的。从殡仪馆回到鹤川县城，大概有两三公里的行程，在我回去的路上，燕子奶奶的骨灰会被送上山，封进龙门（坟洞），完成她在人世间最后的仪式。然后，死者了，生者散。各自，安好。

亲戚或余悲，他人亦已歌。我没有悲，也没有歌，更不知道自己是怎样一种心情。回到出租屋后，我就坐在床沿上，一直没有躺下。

生离死别，有些人活着就别离了，譬如我与燕子；有些人死去才分开，譬如我与燕子的奶奶。

人世间，花开花落，缘起缘散。

<h1 style="text-align:center">7</h1>

如果是故事小说的话，那最后还是要见上一面的。让我没有想到的是，真如故事小说一样，我还真见了燕子一面。

那天，我在街上走着，然后就遇到了燕子。是在一家茶室的门口，简单地寒暄后，便不约而同地说道，进去坐会吧。

这样的场景我是不大确定的，正如我不大确定，我们是事先约好的，还是偶然遇见的。但可以确定的是，那个茶座，就是我与燕子第一次见面的地方。

从起点到终点，从开始到结束，如同我们的人生，有时我们觉得走了很远，到头来却发现，只是走了一个圈而已。圈是一个很奇妙的东西，不知南北，无论方向，每时每刻每一点，没有前后之分，既是过去，也是未来。

是的，对于这次见面，我有点恍惚。我甚至怀疑，是不是我虚构了这次见面，只是太入脑了，混淆了真实。

是在入座后才发觉，燕子变了。不是变老变丑，而是变得成熟干练，举止打扮竟隐隐有了女强人的样子。这样的改变，不由得让我努力回想，以前那个小姑娘坐在我面前的模样，却发现，无论我怎么绞尽脑汁，都已经想不起来了。

这不是错觉。坐在燕子的对面，能感觉到那莫名散发的气息，像是一把刀子，把我原本所想象的划得支离破碎、面目全非。还好，就在我忐忑不安时，燕子笑了。燕子笑起来的时候，眼角那个迷人的钩隐隐约约地还挂在那里。

我的心也慢慢舒缓了下来。燕子跟我说，她奶奶的后事已经处理好了，明天就准备回意大利。我说，这么急啊。燕子说，那边生意忙，没办法。

明天就要走，自然是无法挽留了。对了，我凭啥挽留啊。我跟燕子早已经断了关系，我们的异国恋，早在两年前就已经结束了。我们之所以能在这里会面，不是余情未了试图挽回，而是像燕子说的，替她奶奶感谢我。

关于我跟燕子奶奶的一些事，燕子无疑也是知道的。我大概也能了解燕子当时的心情，对于陪伴的缺失，特别是在老人最后的时刻，内心的愧疚会被遗憾不断地放大。于是我说，这算什么啊，要说感谢，我还得谢谢你奶奶呢。燕子低着头没有回话，我接着说，你知道吗，她老人家教了我很多东西，让我能更好地面对人生，受益匪浅啊。

　　我没有说谎，在与燕子奶奶的相处中，老人家对于生活的态度，以及生死的观点，确实给了我不少的感悟。感悟是心灵的助力。如果说，物质的助力会让人心生歉意，那心灵的助力则让人心生敬意。

　　聊起老人家，自然是感慨颇多。特别是老人家这般故去，更是让燕子感觉心伤，说着说着，眼泪就出来了。

　　或许是感觉有点失态了，在一阵沉默后，燕子还是换了个话题，说，你现在怎么样？我说，挺好的。燕子说，有对象了没？我想了想，说，有一个，正在谈。

　　确实，前些日子，我又相了一个。也不知道是第几个了，早已感觉麻木。与燕子异国恋结束后，父母亲也有发起过暴风骤雨式的催婚攻势，特别是那年过年，剑拔弩张之下，我实在受不了就突然消失了几天。自此之后，父母亲也就不再逼得那么紧了，怕我真破罐子破摔，不说找个配对的罐子，就连原来的罐子也没了。

　　而当我对燕子说出自己有对象的时候，感觉燕子仿佛愣了一下，却又很快地抽了下嘴角，微微一笑，说，哦，那就好，抓紧了，可不要再错过机会啊。我说，放心，我会的。想了想，又问道，你呢，怎么样？燕子说，跟你一样。我说，那你也要抓紧了。

　　虽说是跟那个相亲对象八字还没一撇，或许是不想面对燕子输得太惨，或许是也知道跟燕子已没有可能了，于是，不但把那一撇捺了下去，而且还把另一撇也给完成了。那燕子会不会也是这样的呢？

有意思的是，原本心里尬的一撇，却在两撇后，忽然有了一种释然。身体也不再绷着了，背靠着一瘫，整个人就舒坦起来了。

又转了个话题，不知怎么地，说起鹤川的房子。燕子告诉我，她在鹤川看了房子，已经定了一套，大概明年这个时候就可以交付了。我说，看来这几年赚了不少钱啊。燕子说，那是必须的，否则对不起这几年的辛苦付出啊。又问我道，你买房子了吗？我说，没有，就等着你买呢。燕子说，好吧，到时候交付了就租给你。我说，租金多少？燕子说，每月两百五怎么样？我说，不多加点吗？燕子说，那就加十三点吧。我说，那还差不多，两百五不加十三点怎么行呢，就像你不加我一样。

终于可以跟燕子开玩笑了，仿佛又回到了以前。燕子没有笑，燕子说，说实在地，谢谢你这个两百五，陪我这个十三点度过那段最艰难最孤独的时光。我说，可惜两百五还是两百五，十三点已经成了女强人、女老板了。燕子说，你是不是觉得我变了。我说，你不觉得吗？

聊着聊着，又陷入了沉默。顾自喝着茶，终于，燕子说，你以前说要出来，是真的想出来吗？我竟不知道怎么回答，想了想，说道，如果我真出来了，你会怎么样？

燕子笑了笑，说，你说还能怎样，难道我能把你赶回来？是啊，如果我真出去的话，燕子还能把我赶回来吗？当然，现在已经没有如果了。

记得燕子最后问我，说实话，你恨我吗？

我摇了摇头，没有说话，只是默默地喝了一口茶。然后，我听到燕子哈哈大笑起来。当然，我也跟着哈哈大笑起来。直到，笑疼了肚子，笑出了眼泪。

临别时，燕子给了我一个大大的拥抱。这样的情景，太像小说故事了。以至于我觉得，整个故事，就是一个小说。

尾　声

从那以后，我就没有看到燕子了。

不过也会听到一些消息，主要还是从丁琳那里得知的。丁琳后来还是出去了，但偶尔也会回来。回来时，她会请县里一些文人吃饭。我则借写过诗的名义，混在被邀请之列。

两人聊天时，也有说到燕子。记得前两次，丁琳说，燕子还是单身。直到后来，大概是又过了两年，才说燕子结婚了，男的好像是意大利的。

我是三十五岁时才结婚的，大概是听说燕子结婚后不到一年吧，就在我以为要孤独终老，父母也开始绝望的时候，缘分终于姗姗来迟。

其实也是相亲认识的，也不知怎么的，两个人就走到一起了。她叫陈怡，是一位异地来鹤川的教师。鹤川教育资源薄弱，有一段时间，教育部门会以引进人才的方式招聘一些外地教师。

有意思的是，就在我们婚后去她外婆家的时候，竟发现她外婆叫她燕子。陈怡说，那是她的小名，还是外婆起的。

又是一年秋天，十一长假，我带着老婆、儿子回到老家，儿子忽然指手问我，那是什么？我仰头见横梁上燕巢空空，说道，那是燕子飞走了。回望远山白云，不由得又想起以往种种。

恍惚中，往事一片又一片，落叶一般地，飘在风里。如在眼前，远隔万里。